第二把劍

五月故事

DAS ZWEITE SCHWERT

EINE MAIGESCHICHTE

PETER HANDKE

彼得・漢德克——著 劉于怡——譯

國外書評短語

「第二把劍不是以鐵鑄造，而是以敘事本身鍊治，又是一個出自信仰的傳說？可能是，但同時也是文學的勝利。」

——Lothar Müller,《南德日報》

「或許今日讀者會（也應該這麼）認為，這本書是作者漢德克對批評者的陰險報復，但對仰慕者而言卻是一場盛宴。一把十足的雙刃劍。」

——Philipp Haibach,《文學世界》

「第二把劍是漢德克作品中罕見，能令讀者懸著一顆心直到最終的書：書中的『我』會對那位女記者採取報復行動嗎？這是一場文學遊戲，不僅關乎書裡所敘述的事，也關乎個人聲譽的認知。」

——Sebastian Hammelehle,《明鏡週刊》

「本書巧妙地交雜著高明及做作……五月故事讀起來如春光般的輕盈，同時也是一場大師級『一本正經的遊戲』。」

——Thomas E. Schmidt,《時代週報》

「五月故事中處處指涉漢德克長年以來所曾書寫過的片段……作者近乎戲謔地指涉自己的作品，大半輕巧敏捷，但總在關鍵處陡然深沉起來。」

——Mladen Gladi，《星期五週報》

「在漢德克的敘事宇宙中，《第二把劍》猶如一顆晶亮的拼花碎石。」

——Werner Krause, 奧地利第二大報《小報》

「漢德克輕鬆地秀出一張張藏在袖子裡的牌，故事起初看起來像是隨意的堆疊，但漸漸地形成一個複雜的結構，過程中作者不時對著讀者眨眼。他書中的主角從不令人厭惡，因他從來不是個嗜殺者……這也使得這個復仇故事展現出不相符的輕盈並維持了歡快的平衡。」

——Michael Wurmitzer, 奧地利《標準報》

「漢德克的五月故事，具文學大師風範的自我探索文本，卻同時驚人地令人困惑。」

——Ulrich Kühn,《北德廣播文化臺》

「《第二把劍》挾著鬥志激昂的標題走進文學，漢德克史詩以夢遊者的姿態銜接上荷馬史詩……漢德克以古典史詩的迴響空間消釋了敘事與宗教間的界線，但這不該被認作神學上的堅信，而應視其為一種『文學涵蓋一切』的表達。」

——Helmut Böttiger,《德國廣播文化臺》

「漢德克這本新書充分展現出大師的描寫功力……創造出一種不會太快過期的文學藝術形式，甚至在百年後還能引發閱讀者的熱情。」

——Ulf Heise,《中德廣播》

「最終那樣自然而然導向結束的方式，令讀者動容，其他人可能仍是無動於衷。他們會保持沉默嗎？我想是不會的。」

——Lothar Struck,《文采與庸乏——文學與當代批評雜誌》

目次

獻給萊蒙德・費靈恩[1]

1 Raimund Fellinger，漢德克長期合作的編輯，也是德國戰後最重要出版社 Suhrkamp 的文學總編。

「耶穌說：『但如今有錢囊的可以帶著，有口袋的也可以帶著，沒有劍的要賣衣服買劍。』……門徒說：『主啊，請看，這裏有兩把劍。』耶穌說：『夠了。』」[2]

——路加福音第二十二章第三十六至三十八節

2 此段引文聖經多譯為「刀」，此處因考量到本書書名，故更改為劍。

第一部　遲來的復仇

「這，是一張復仇者的臉！」在那一個早晨我告訴自己，在我出門前，看著鏡中的自己時。我沒發出任何聲音，卻清楚地表達出這句話；當我無聲說出這句話，我的嘴唇異常明確地做出說話的動作，像是要從鏡中的影像讀出這句話並牢牢記住，永誌不忘。

自言自語，平時我也常這樣或那樣地整天和自己聊天，不是這幾年來才如此，但此刻，這對我來說獨一無二，超越了我所能理解與想像，在任何意義下都是。

這樣的一個人發話並現身了，在多年的躊躇與推諉之後，期間或也不復記憶，如今正要走出房子，準備執行早該付諸行動的復仇，而且——或許——只靠一己之力。除此之外，這也是為了整個世界著想，以天理之名，或者只是（為什麼只是？）個驚世之舉，為了喚醒公眾的注意。哪些公眾？就是那些。

奇怪的是，就在我觀察鏡中的我，也就是復仇者，一個平靜的人，一個超越所有審判的審判者，仔細端詳了約莫一小時之久，特別是那對眼睛，睫毛幾乎動都沒動過一下，我的心漸漸地沉了下去。在離開鏡子，離開家門，走出前院大門時，心更是痛了起來。

從前我的自言自語，儘管相當喋喋不休，但有時是完全無聲的，還不帶任何表情，因此總是無人知曉——至少我是這麼認為。而有時則是一個人在房子裡大吼大叫，遺世而獨立——不過這也是我的想像。這些發自內心深處，因為喜悅，因為憤恨而產生的嘶吼，皆短促而無語，僅僅只有聲音。身為復仇者的我張開嘴巴，鼓起雙頰，噘起雙唇，咧開雙唇，或張或癟，無聲地，彷彿變成一個古老，卻不是我計畫下的儀式；這個儀式，在我站在鏡子前的這段時間，又漸漸變成一種規律的節奏。最後這樣的節奏又轉成音調。突然，我這個復仇者哼唱起來，一種沒有歌詞的哼唱，充滿威嚇意味。這也導致了心痛。「別再唱了！」我對著鏡中的影像大吼，它立刻屈服不再發出任何聲音，心臟也因此加倍難受。因為從現在起，不再有回頭的可能了。「終於！」（再一次大吼。）

走上復仇戰場，由我個人執行。十年來我頭一回在清晨泡澡，這些年來頂多就是沖澡而已，泡完澡起身，一手一腳慢條斯理地穿上那套早已平鋪在床上的灰黑色迪奧西裝，包括那親自熨好的白色襯衫。拉好襯衫，將繡在右腰處那隻醒目的黑色蝴蝶顯露在皮帶上方約一指寬處，揹起旅行袋，袋子本身比裡面裝的行李重多了，我離開家，沒有將門鎖上，這已成了習慣，就算長時間離開也一樣。

其實之前我在北部內陸地區已遊蕩了好幾個星期，三天前才回到我那位於巴黎西南方郊區的長居之地。頭一次我渴望回家，自童年（就算不是突然結束，也是提早結束了的童年）起，我就迴避所有形式的返家，更別提回到出生之地。是的，每一次回家前，不管哪一次，都令我恐懼不安，整個身體像被繩子勒緊似的，直至腸子最末端，對，特別是那裡。

雖是遲了，這仍是我生命中第一次返家時有了說不上是「幸福」（別靠過來，幸福！），可能比較像是和諧的感受。在回家後的這兩、三天，這種安身此地的感受更像一錘定音似地定了下來。

再不會對自己久居一處，對這塊土地產生的羈絆感感到懷疑。這種對地方的喜悅，一種持續的喜悅，隨著日（與夜）的流逝而逐漸強烈。不像過去三十多年那樣，僅僅侷限在這房子與庭院裡，已不再和這兩者有關，純粹就是因為這個地方。「什麼叫做這個地方？是一般意義下的這個地方？還是特殊意義下的這個地方？」——「就是這個地方。」

這種意外對地方產生的喜悅，即便沒有到地方崇拜之情（或者你們願意的話，也可稱之為遲來的地方愛國主義〔Lokalpatriotismus〕，這種情懷，通常比較容易出現在某些孩童身上），也和現實狀況有關。在這地區，不只是法國，這段時間正好是近幾年來新增的眾多假期之一。不是夏季長假，而是靠近復活節，並不算短，就在我復仇故事發生的這一年，又因連上五一假日而更長一些。

假期使許多事物缺席，在這個假期中缺席的範圍一天大似一天，而在代表這一整日的此刻，更是無邊無際地擴張。一整天，灌木籬笆外不再傳來群狗的吠聲。過往牠們突如其來的吠叫，總令我在寫字或寫數字時（在支票上或報稅單上）不小心手一滑，畫出一條既粗又重的線！橫過整張紙或支票什麼的。現在就算有狗吠聲，也是從很遠的地方傳來，就像以前在鄉間的夜晚那樣，那聲音加強了返家者——至少快要是了——的意識與空間感。

這段期間鮮少有人在外走動，少了很多很多。從前在街上，或平時總是人擠人的火車站前廣場，從早到晚我也不過遇見兩、三個人，多半是陌生人。還是說就算有其中一、兩個面熟的，或走或站或坐（特別是坐著的），也被我當成陌生人了？反正當成別人就是了。不管認不認識，通常我們會互相寒暄打招呼，而這樣的招呼，就是那麼一次罷了。我也常被問路，每次我都知道怎麼走，或者說幾乎。而若是在不怎麼熟悉的路口被人問路，總會帶給自己，也給別人，一些啟發。

自我返家後的這三天內，完全沒聽到直升機轟隆隆的聲音，一次都沒有。以往這些直升機都載著國是訪問[1]的貴賓，從法蘭西島[2]（Ile-de-France）臺地飛到位於塞納河谷的愛麗榭宮（Palais de

1 指一國之國家元首接受另一國元首的邀請，對該國進行正式的外交訪問，是兩個國家間最高規格的外交交流，主要是討論國與國之間的重大政策與計畫，而非一般的瑣碎事務。

2 以巴黎為中心所組成的首都圈，由巴黎省、上塞納省、塞納-聖但尼省、馬恩河谷省、塞納-馬恩省等地所組成，也稱巴黎大區。

l'Élysée），然後再載著他們飛回來。此外，也完全沒聽到那些斷斷斷續續的哀樂，一次都沒有，從那一定點隨著春風飄到「我們」這裡，現在我常很自然地把與我同住此地的人想成我們。這種音樂，通常在法蘭西祖國迎回非洲、阿富汗，或任何其他方陣亡的將士靈柩儀式時出現，他們將使用行政專機卸載遺體到法文稱為「*tarmac*」的禮檯上。半空中，有各式各樣的鳥，縱橫交錯、圓弧行經、振翅翱翔、點點閃現（首批燕群），以及飛掠而行（不同於遲些時候才會到來的鷹或隼，是另一種飛掠的形式），可是其中又少了一種鳥類，就是每年夏天獨自盤旋在穹頂的鵰。關於鵰，我曾經有一次經驗是這樣，在一個萬籟俱寂的盛夏午後，我突然有了孤身一人的感受，不只是在這附近，而是對於整片土地。接著，一種末日啟示般的異象顯現，令人毛骨悚然：我，在巨鵰眈眈的注視下，是最後這一方天空下唯一倖存的人類。

在瞭望天際後，我的視線重新回到腳跟下的柏油及石磚路：黎明前收垃圾時各種碰撞的嘈雜聲這幾天都沒出現。這麼說吧，平日一連串的哐啷巨響不見了，如果有的話，也只是零星、斷續的聲響：現在，這聲響出現在七條小巷外；現在，來到了第二個廣場後三倍投石之遠處；現在，在經過一、兩回半夢半醒之後，來到了隔壁鄰居家門前的垃圾桶。這位鄰居有點年紀了，據我所知他從未離家或離開這個地方過。收垃圾的就算到了這，發出的聲響也如遠處般稀落，鄰居垃圾桶在清空時既未有碰撞聲也未重重落地，彷彿沒什麼好清裡的，頂多就是淅颯一聲，然後一陣窸窸窣窣，幾如蟲鳴，如一陣祕而不宣的鈴響，最後輕柔平緩地歸回原位。或許這也得歸功於出色的垃圾清運工，他們在火車站酒吧裡常與我舉杯互敬。垃圾車離開後我持續半夢半醒，試圖為了這一日而調整心態做好準備。

在這一生中，我常常想起那個古老的、應可算是聖經中的故事，那個被上帝，或者說所謂「不可抗力」拉扯著頭髮遠離原生之地，到異國他鄉的男人。我總覺得，那個故事中的主角，似乎寧可留在故土不動，而我正好相反，倒很希望能被這樣帶離居留之地。遠遠地被扯著辮子，讓慈悲的神力將我遠送往另一個居留之地？別提居留！只要拋下此時此地遠走高飛就好！

走上復仇之路的前三天裡，我幾乎每小時就會親手拉一下頭髮，不是要將自身拉離地表，扯到天際外，而是為了定住自己，或讓自己踏實地站在地上。因我雙腳站立的這方土地，我此時此刻的所在之處，（是奇蹟也可能不是）這一回竟給了我家的感受。看我每天一早起床，如何先用左手，再用右手，抓住頭髮，拉扯、搖晃，逐漸加重力氣，幾乎是對著自己施暴。從外人角度看來，可能像一個想扯掉頭的人，我卻覺得相當受用。從頭頂開始，逐漸往下到大腿、膝蓋、腳趾頭，到全身各處，甚至不只是我的身體，全被這種時時面臨新挑戰的安居之感所充滿，一點一滴地浸淫，無聲無息倘佯於中。

配合上述奇特現象的（每幾年總會出現那麼一件令我瞪大眼睛的事），還有在復活節兩週假期間，那些一長排看似無人居住的房子，有時一夜之間突然這裡或那裡又顯得有人在家了。就像是這地方的慣例，甚至是規定似的，每當我走過十多間百葉窗全放下的屋子後，至少會有那麼一間的窗戶是看得見裡面的。大多位於一樓臨街，窗子能讓人看進室內、客廳或飯廳。彷彿是刻意為之，這些連窗簾都拉開的屋子，就算餐桌上沒有任何東西，仍然散發出某種好客的氣息，充滿歡迎意味：「請進請進，任何人都可以！」然而同時，這些空間也顯現出一種無人的狀態。正是這種無人的狀態吸引人接近，使人垂涎欲滴。很難想像在這樣空蕩蕩的屋子或許會有人躲在角落裡監視。也許是男主人、女主人，一對情侶，或者一大家子的人；無論是活生生的還是只是螢幕裡的人都一樣。雖然我每次都覺得有人正看著自己，但那是一種善意的、親和的目光。這些屋子只是暫時沒有人，或許不用多久，就會有人從一個意想不到的角落出來跟我說歡迎，法文、德文、阿拉伯文（什麼都好，就是不要英文「welcome」！）。伴隨這聲歡迎的，還會有從高高樹冠上傳來的童言童語。

有一次，在我回家後第二或第三天——暫時也是最後一天——的早晨，我就在這些無人居住的好客之屋其中一間前方小小的院子裡。這種無人院子裡長出來的草就是草，不會變成草坪還是什麼的。一副老舊的烤肉網，看起來像臨時用鐵條架出來的，火源處迎風升起了兩股不同方向的煙，其中一邊是典型潔白勻稱、垂直向上飄去的煙，另一邊則是往地面湧出，卻同樣典型的團團烏煙。但這不過是最初剛從火源處冒出來的模樣。此後，這股在地面附近亂竄的烏煙，與聖經大洪水前謀殺親兄弟的故事[3]相反，將垂直朝天上而去。原本四處亂竄的陣陣黑煙，漸轉化為白淨如羽的輕煙，（幾乎）與它那雙生而出、另一股半透明的輕煙一模一樣。而更令

3 此指該隱與亞伯的故事，聖經記載裡的第二宗罪，第一宗亞當夏娃之罪常被視作人對神所犯下的上下垂直之罪，第二宗罪則是人與人之間的左右水平之罪。

人訝異，堪稱為世界奇觀的是：這兩股煙在它們各自逐漸透明，消失在空中前，竟有那麼一陣子相逢於一處；彼此相互交疊、纏繞，最後合一而逝。接著火源處將重新湧現那兩股煙，以同樣的形式，一股從網架下冒出，另一股直上雲霄。

然後看哪：是誰從那個看起來像是沒人在家的屋子走出來邀我進庭院共享盛宴？是昔日的郵差小姐（la factrice），如往常一樣跟在丈夫身後。丈夫跟她一樣，也是個郵差（facteur），幾年前就已退休。幾個月前，她也一樣退休了。至今我仍保留著那張她給我們這些住在附近居民、署名「votre factrice Agnès（你們的郵差安涅絲）」的短箋，上面寫著，過往騎著腳踏車送信的她，會在「二零ＸＸ年六月十日，進行最後一趟投遞巡禮（tournée）」。有一次我以為這張短箋不見了，我這個常丟東西卻絲毫不以為意的可憐蟲，突然眼前一亮，發現它在一堆紙張裡，根本無須尋覓，它就在某張紙箋之上，就像一直以來都在我桌上那樣。我們三人一起坐在庭院裡許久，一直到下午，由於夫婦都曾是郵差，他們告訴我是如何被郵政總局招聘至巴黎附近以及法蘭西島區的。先生來自法國東北部亞爾丁（Ardenne），太太則來自西南山區。身為無一技之長的鄉下人，體格比都會居民強壯，正好適合騎車分送郵件。當時，不用說，自然還沒有摩托車，要適合在大巴黎地區高低起伏的地勢，只得踩著踏板穿梭在法蘭西島特殊的地形間，這在腳踏車騎士的行話以及環法自行車賽（Tour de France）中，都被稱做「偽平地」（faux plats），放眼望去幾乎看不出來，但騎著腳踏車即可感受到那一個又一個的上坡路段。

雖離夏天還有一段時間，我卻覺得這樣的一天，其實應該是這整整三天，是這一整年來我記憶中白天最長的日子。彷彿夜幕超越了自然的日夜之際遲遲不降，彷彿太陽「如奇蹟般」始終不肯落下，至少直到我也在場的下一段故事情節裡，還有下一段，以及再下一段也是如此。即使夜幕降臨，也完全察覺不到天色何時變黑。

再看哪：那棟鄰居自己興建的房屋，屋主夫婦約莫於十年前在短時間內相繼離世，雖然在那之後百葉窗便不再拉起，但那油漆工技術之好，顏色至今毫無脫落的痕跡。在雜草叢生的庭院中，這裡那裡的枝葉甚至比以往更加繁盛。本該無人的院子，一條曬衣繩竟藏匿於玫瑰叢中，上面掛滿了孩童的衣物，灰灰暗暗的，從前人會形容那是「窮苦人家」的顏色。

聽哪：小丘上森林旁嘎嘎作響的枝葉，在風中相互摩擦，有如在回應附近如迎賓般大開的庭院小門、房子以及酒窖大門（不是只有那生火處留下來）。

再看那裡哪：林間空地，平常遠遠傳來各個滾球比賽隊伍的鐵球撞擊聲，如今空空蕩蕩只剩一輛汽車停在邊上，方向盤前坐著一個男人，睜著雙眼，直愣愣地瞪視著空曠，而那比賽場地上還留著一圈圈的痕跡在碎石地。就像人們說的，有些住在內地的葡萄牙人會開車到海邊，不圖什麼，就只是乖乖地坐在車子裡，完全不下車，欣賞眼前的海景。難道那人真是葡萄牙人？平常（跟今天這樣一個假期中的日子不一樣）頭髮上沾著水泥粉屑的男人，是晚上火車站酒吧裡的其中之一？

現在聽哪：從小巷地底深處傳來的潺潺聲響。——這不可能是下水道！但又是什麼呢？從哪傳來的聲音？——這來自小河或溪流，也許上個千年還位於河谷高處，如今就算不是整條河，也有很長一段被掩埋於地底之中。這條河道從現在的皇宮，也就是凡爾賽宮的附近源頭開始，一直到匯入塞納河之前，不過它一百多年前早改至地底了。——所以躲在地底下的潺潺水聲是馬里維爾河（Marivel）？——沒錯，就是它，它就叫這個名字，看哪，街道的轉彎處，正是隨著馬里維爾河道的彎曲而建。那樣的潺潺聲，不可能是馬桶沖水的聲音，不可能是洗衣機脫水的聲音，不可能是消防水管的聲音，只有溪流才可能發出那樣的聲音。你馬上就可以看到這流水了，就在你面前，在日光的照耀下，你可以用它來洗滌，也可以喝它（嗯，最好還是不要喝吧）。——什麼？——看，那具鑄鐵打造的幫浦，在雜草叢生的庭院裡。去，去打水！——可是幫浦早就生鏽了。——刮掉鏽就可以繼續打水。——有東西出來了，全是爛泥穢物，噁心的黃褐色。——繼續打水，加油，繼續。——

啊，你看你看！

假期裡的那些日子，處處瀰漫著一種過度的限時感，所有狀態都是暫時的，尤其當我站在街上，看進空蕩蕩的學校教室裡時這種感覺特別強烈。所有大窗戶都擦得乾淨，地板及桌子也都拖過抹過。這種限時狀態的景象，一如此地其他所有暫時的景象，並不令人感到鬱悶。窗檯等處堆著一疊疊的書、地圖及各種教具，看起來不像才剛收好放上去，而是堆在那裡很久了，黑板後方某一角，有個地球儀閃閃發亮，這一切，包括潔淨的窗戶玻璃以及整齊得符合預期的明亮教室，帶給站在外面的我一種感覺，一種近似於學習的喜悅。這與我個人經驗並沒有任何關係，就算有，也是很久很久以前，曾經有過的那麼一次經驗——真的發生過嗎？——什麼又是真的？

美妙的限時感呈現在各處街景中，正因這種空蕩或甚或關閉了的景致，同時引出另一種想像：這裡、那裡、那裡，還有那裡，很快就要重新開幕了，一種無以名狀的喜悅，無論怎麼說，這是一種將會隨著新鮮空氣，飄之而來的喜悅。

火車站斜對面，那間很久很久以前叫作「旅人」（des Voyageurs）的旅館兼酒吧，如今早已不是旅館或酒吧了。四樓及頂樓被改成小套房，對外人而言，裡面住戶就只是模模糊糊的剪影。相較之下，那些繼續留在低樓層住宿的人便顯得更為醒目，他們不是旅客，是擱淺在這裡的人，當這裡還是旅館時，便被政府安置在簡陋的小房間裡。那時他們在旅館裡算是多數，後來就不再有新的遷入者，政府仍然讓原有的留宿者繼續在那裡住下去，提供或多或少的照管。在過去的二十年間，他們漸漸死去，大半死在從前旅館房間，在一扇沒有玻璃，而是用厚紙板或薄木片釘起來的窗戶後面，沒人會去留意，我也從未見過有任何抬棺者（應該也只要一位就夠了）從側門出來（「旅人」留下來的唯一一個側門）。喪禮若有任何賓客參加，應該是還活著的鄰室房客吧。有時，在極少數的狀況下，若死者還有親人在世，太太、兄弟，或是孩子等等，便會收到通知。不過墓園裡從未出現過任何家人，一個都沒有。這些人的死亡，彷彿是再日常不過的事，大概昔日的配偶、兒子，或者是母親，在面對報喪者來傳達消息時，只會無語地挑高眉毛，若是接到電話通知，也一樣無話可說，就把聽筒掛上。

剩下的最後這三或四個，這一小「坨」人，並不躲在房間裡苟延殘喘，不管是否事先約好，他們每天總是從早到晚風雨無阻地盤聚在玻璃門前的階梯上。那道玻璃門是從前「旅人酒吧」的入口，現在用鐵鍊（誰知道還用了什麼）鎖了起來。直到最近，這幾個人所表現的還真的就像一小坨那樣癱著，一個拄著拐杖，一階一階往上爬；另一個則齜牙咧嘴地爬到旁邊行道樹上，露出僅剩的一顆牙，一顆大的不像話的牙；第三個，不管是故意的或是沒有其他選擇，成天坐在各種鳥類棲息的樹枝下（大鳥小鳥都有），這裡直到深夜，不時都還有鳥糞落下。沒錯，或者這正是這人所想要的，特別選定那臺階坐下，一動也不動；他喜歡不斷被這樣或那樣的鳥糞打中頭、手或膝蓋的感覺；且能事先預料或猜到天上掉下來的禮物，並在恰當時機將頭偏移到完全正確的位置，這可真是一大成就。這四個人，可能很快也就剩下三個，自成一圈，對我們這些在火車站前廣場來來去去的行人視若無睹。每一次，當我因時間愈久，或其他原因，而有了與人打招呼的慾望，便試圖跟坐在殘破的酒吧臺階上的他們打招呼，不過總是沒有回音，一律「毫無反應」。好吧，如此被人忽視讓我對即將要發生的事情感到安心。

在我返家後的這幾天卻出現一些變化。這樣的變化不可能，或者說不可能只是因為復活節後進入藍天綠葉的時節。畢竟這幾天都曾落雨，還颳風下冰雹（這冰雹還打壞了過往旅人旅館留下來的最後半片玻璃窗），入夜後更是寒冷。這天早上，我正走向麵包店及酒吧旁的小攤子（看，假期哪，就剩那麼幾攤，東西也少了許多），在經過酒吧時，我突然有了幻覺或是錯覺，以為酒吧開門了。下一瞬間，我發現自己竟坐在一道像是特別為我保留的臺階上，不是最高的也不是最低的，位在那旅店的幾個老房客之間。他們說著我不能理解的話語，我也無須理解，因為他們還比著各種誇張的手勢邀我過去，我也就自然地加入他們。突然他們共享的一瓶酒停在我眼前，不，不是硬塞過來，只是傳給我，然後，我不再有任何猶豫，接了就喝。這酒我只喝了一口，味道可能就像所有晨間喝的酒那樣，直至今日，我仍記得那遺留於瓶口上的菸味。雖然無法與普魯斯特先生《追憶似水年華》裡的瑪德蓮媲美，仍算是同一類東西。是的，一種恆久的東西，我曾因其快樂，也仍繼續快樂著。不是有首歌嗎？是誰曾唱過：「Life is very strange, and there is no time（生命很奇特，也沒什麼時間）」？——錯，約翰．藍儂唱的是「Life is very short（生命很短暫）」。——但這裡必須是「strange（奇特）」。

我繼續和這一小撮或這一小幫人蹲坐了一段時間，在旅人酒吧大門深鎖前的臺階上，而我也再度受邀一起吃喝。不過他們其實沒有任何一人將我算作同一夥——因為同一夥，或者說同一圈的人，只有他們自己。那一天除了我之外，還有另一人跟他們在一起，一個女人。我認得她，她貌似是當地社會局派來負責這一區的工作人員，發生事情時必須到這個半廢棄的住處看看如何解決，諸如此類。

今早這位太太的身上顯然也出現變化。她不像往常一樣，揹著方正的大包包，以監督者的姿態站在管訓者面前，而是坐在他們中間，她看起來與這夥人沒什麼兩樣，連挪位子給新來的的姿態，都同樣旁若無人；跟其他人一樣，她也抽菸，此時她正反手從坐在她身後的人手上抽出一支菸，看也不看，彷彿一切是那麼理所當然。她在這幾個已然歪斜（這歪斜的模樣可不只因為風吹）的之間，有了一種如回家似的，很久很久不再有過的熟悉自在，或者應該說，從未有過。過去她的生活充滿了虛假與不真之事，一件接一件，每件事都是假的。沒錯，就算此時此刻也不算是真的，還不是。但這也絕非什麼彈指即逝的感受，可能是復活節假期間這種終點不斷往前延伸，結束遙遙無期的過度感所引發？誰知道呢！橫豎她也快退休了，就要離開辦公室了，從明天起，不，從今天起！然後呢？她從沒想過然後的問題。現在就是現在，不必再趕著做任何事！再不必社交，或者像現在這樣，這也算是一種社交吧。怎樣的社交哪！她正體驗著那種「我將會體驗到」的感覺，什麼樣的感覺哪！突然之間，就在她朝著圍在她身邊的我們一個一個看過來時，這位仍是公務員的太太掉下眼淚來。她哭了，沒有任何聲音，很安靜，就算有，也被周遭吸菸或喝酒的吞嚥聲掩蓋，低於聽力範圍。但她應該也只是哭了一下而已，藏在厚重鏡片下的雙眼微微閃著淚光。這不只我看到，一個坐在「旅人酒吧」臺階前的酒鬼也看到了。他拿出一塊眼鏡布，小心翼翼地攤開，看得出這塊眼鏡布是全新沒用過的，比市面上常見的眼鏡布大很多，應該也較為好用。在最初那一、兩滴眼淚落下後（如果真有眼淚流出來的話），他遞給了她。

後來，我這個受邀者又留在那裡坐了很長一段時間，直至附近教堂正午鐘聲響起。此前不過早上十點，也是殯葬彌撒一般開始的時間。輕輕敲響的喪鐘只有兩種音調，一高一低，在緩慢的規律下不斷重複，彷彿不打算停下。是我的錯覺嗎？我怎麼覺得這些和我坐在一起的人完全聽不到鐘聲？他們的耳朵似乎對所有聲音置若罔聞，聽不到列車進站前經過鐵橋時那轟隆隆的滾動，和尖銳的金屬碰撞聲，更聽不到那些以不同語言不斷重複循環的廣播，它播報著一支電話號碼，要大家如果看到可疑的行李、有任何疑慮，或覺得自身安全受到有形或無形的威脅時，應立刻撥打電話。

此時我突然想起一則出自於十九世紀的故事，如今感覺像是很久很久以前的故事，故事敘述著一個被流放到帝國最東邊某個小島上的罪犯，只要聽到遠處傳來的音樂聲（在作者的想像中，那是一種帶著了然意味的傾聽），便意識到自己再也不可能回鄉了。為什麼我會想起這段故事？在廢棄酒吧前的臺階上，在這一小群邀請我加入的人之間，他們耳朵聽不進任何一切，卻會同時笑起來，笑聲愈來愈大，最後變得響亮、此起彼落，甚至還帶點呻吟。那聲音總是同調，如合唱似，就像他們三人，最後是四人（加入一道女聲），共同因著一種無法回家的了然而爆笑起來。能讓這些永遠拒絕回家（不管回去哪裡）的人發笑的，就只有一種題材，一種直指人心的題材。對於返鄉者，或者只是一個單純出門要回家的人，他們發出嗤笑聲，有時低聲有時高聲，其中還穿插著些許控訴，由衷地，發自內心深處。不過無論從哪一方面來看，他們應早就無法再面對自己的內心了吧。這樣好嗎？他們是否還仍算是一種世上的鹽[4]，很特別的那種，對此刻當下來說還是有用的？他們也不會藏在任何戲服之後，不管是紅色、綠色，花裡胡哨或者管他什麼顏色的戲服。

這一生中，每當我自認下定決心開始某項行動後，總會先在大自然裡找到與這個行動息息相關的外務（又是我自認的）來轉移注意力。此時此刻，也是如此。

我們這附近的每一空曠處都可遠眺山丘起起伏伏，它們圍繞著河谷高地，幾乎成了一個毫無間隙的大圓圈。從我家最高的一扇

4　出自馬太福音第五章第十三節。

窗戶看出去其中一座顯得特別高聳。而這不過是視覺上的錯覺，因為它離我們最近。這些山實際上都一樣高，它們甚至算不上什麼山丘，不過是法蘭西島河川左右兩旁的前凸與背拱，看起來像是山丘罷了。因此即便那裡看起來高，其實只是個假山頭。而那上面長滿了各式各樣枝葉繁茂的高大樹木，使得靠近天邊的邊際線（與其說是線，不如更像花絲技法編織纏繞出來的網），能偽裝得更像山一些。從特定的窗戶看去能看見它如皇冠般的山頂，先不管它其實只是看起來特別高，佯裝成山峰的臺地而已，它上頭那棵顯要的巨大橡樹，也使得它看起來更像是山。其他周遭的山丘多半種著與之不能相比的矮小樹木，如樺樹、楓樹及野櫻桃樹等，可能因此讓山丘更顯低矮。而原本就有些地形優勢的臺地，再頂著個如皇冠的橡樹，周遭小山丘也就只能低伏退縮了。

這片有著茂密森林、遠遠看去如群山環繞、四面八方幾乎都可一覽無遺的丘陵地，這幾年來我才逐漸意識到，這種印象不過是我一廂情願罷了。就連那些山峰也都是假的。縱使如此，我仍依著目中所見，繼續將這環繞於四周的山丘視作山丘。事實撼動不了半點幻象，想像是恆久的，時間愈久愈占空間，形象愈是具體，色彩也愈為鮮豔，甚至連節奏感都會出現：無論真或假，看起來像就夠了。這座最高的山丘，從這個山腳下的十字窗框看出去，仍是最高的山丘，而我最早幫它起的名字，我一直都記得。那是一時興起，純粹因為好玩而取的名字，不過現在習慣成自然似的，在經過了十幾年後，我還是這麼叫它：「永恆之丘」，「菲利濟（Velizy）的永恆之丘」。

返家後的這三天裡，每一天早上我洗完澡，梳完頭髮，穿戴整齊後，我都會在家中最高的那扇窗前坐下，將窗戶大開，以免老舊的玻璃破壞景觀。在不受十字窗遮擋下，我對著永恆之丘端詳起來。這並不是什麼特別的端詳，既無目的也不是有意為之。那算是觀察嗎？喔不，絕對不是。在我一生中，當我從看見，到袖手旁觀，到轉變為類似觀察的態度時，經常做出不只是在我眼裡，甚至是其他人（至少像我這樣的人）都認為不該做也被禁止去做的事。更何況我從小就缺乏科學家的眼光，也沒有與之相符的企圖心。就連玩「我用我的小眼睛偷看到」這樣的兒童遊戲[5]都很笨拙。如果我真有我所擅長的，應該就是不做任何事，進而察覺某些事物的存在，將它們納入自己的想像中（見上文，永誌不忘）。接著將這幅圖景推進白日夢中任之隨波逐流，期間意識清醒，再清醒不過了。

在走上復仇之路前的那幾天，永恆之丘上的森林幾乎就像縮時攝影那般、一張圖片接著一張圖片地變綠了。就在最後一天早上，在豔陽與徐徐清風下，因著各類不同樹種，交織出了一片變化多端的綠。放眼望去便看到這樣的綠貼在一片純粹、單一的藍天下，其餘建築物根本無法吸引目光。這不只有閃閃發亮的綠，也有黯淡無光的綠。每一種綠都大不相同，山腳的赤楊、柳樹及白楊是一種，山腰上的山毛櫸及梣樹又是一種，還有無所不在的樺樹、橡樹、刺槐、花楸以及西洋栗的綠：而不同樹種的葉子，這裡密那裡疏，晃動、翻滾、流轉、上下起伏時的樣子也都不一樣，這些鮮嫩的綠葉如一股股的波浪直上山丘之頂。

「它就在那裡了！」我默默地想著，「它在那裡進行，它在

5 英文名為 I spy with my little eye 的兒童遊戲。

那裡發生。」隨即頓住：「什麼發生了？」——「它」。我閉上眼，山丘忽地從眼前消失，同時，我也見到自己所失去的，這種失去了什麼的感受，不是只有這幾天才出現，晚上時更是備感強烈；我看到自己所失去的，是永遠消失與遺落了（只是對我而言嗎？）。「什麼意思？看見你所失去的？」——「是的！而且不是什麼具體的東西，而是個詞！」——「可能是永劫回歸（Ewige Wiederkunft）嗎？」——「不！我所看到的，是『延續』，既是文字也是事物。」——「永恆？」——「就只是延續而已。繼續延續下去吧！」

在大開的窗戶前，我繼續坐了一陣子，一段長長的時間，再一段極長的時間，直到上午都快過去了，我仍一動也不動。現在山坡上每一棵樹的樹頂都變成了磨坊的樣子，不停地磨著磨著的磨坊。

它們在做什麼？難道這就是所謂的持續嗎？沒錯，這就是持續。就像新發的葉子各有不同的綠那樣，不同樹的葉子也有不同碾磨、轉動、迴旋以及盤繞的姿態。「每隻鳥飛起來都不一樣[6]？」沒錯，因此每棵磨坊樹的葉子下沉、擺盪、攀升、飄高紛飛的姿態也都大相逕庭。

天氣逐漸暖和，在大開的窗戶及永恆山丘之間的中景，有一對小粉蝶迎風飛舞，是今年首次出現；雙蝶上下蹁躚，看在眼裡彷佛幻化成三或四隻，令我不由得想到巴爾幹人的核桃殼豌豆騙人把戲，因此我稱牠們為「巴爾幹蝴蝶」。牠們在風裡翻騰、共舞雙飛——或其他什麼的，一直朝著我的方向飛來，愈飛愈起勁，如螺

6 此句引自德國政治家羅伯特・穆特曼（Robert Muthmann）說過的話。

旋槳般快速旋轉——或其他什麼的，最後竟來到我眼前約一手掌距離之處，速度之快，雙翅搧畫出一圈明亮的圓，如電光石火，出現圖地反轉的現象：在速度達到最高峰的那一剎那，雙翅搧出的圓好像成了靜止狀態，不動，或已超越動靜。瞬間我被一股無以名狀的喜悅充滿，在什麼都不做的當下，繼續放任自己，無所事事，什麼都不做，什麼都不理會等等的就這麼持續下去。

結果，這一整天我眼前不斷出現我這一生中曾去過的地方、城市，尤其是村莊的景象及名稱——哪一種科學能和我解釋這種情況是如何出現的？還有為什麼會出現？這些浮現的圖像絕對與記憶無關，因為這些地方根本沒什麼值得回憶的。我經歷過那些地方。沒有任何東西能讓我瞪大眼睛，一個都沒有，也沒有過任何衝擊，就連被彈簧門打到腳後跟這種事也沒有。不斷衝擊著我的是那些地方的名字，總是在地名之後才連帶浮現出模糊不清的畫面，多半是上坡下坡、馬路、小徑，有時也有例外，或許是座沒有護欄的小橋，跨過一條小河，或者在某個酒吧角落被飛鏢射得千瘡百孔的標靶。這些地名通常多音節，名字本身就表達出強烈的意象及輪廓，影影綽綽地伴隨於文字之後。有「瑟克爾市，阿拉斯加」（Circle City, Alaska）、「米奧尼察」（Mionica）、「阿西亞涅墨亞」（Archea Nemea）、「納瓦爾莫拉爾德拉馬塔」（Navalmoral de la Mata）、「不拉薩諾迪寇莫斯」（Brazzano di Cormòns）、「皮特洛赫里」（Pitlochry）、「上米拉諾瓦茨」（Gornji Milanovac）、「胡迪洛格」（Hudi Log，意即「邪惡之地」）或「洛克馬里亞凱爾」（Locmariaquer）：去這些地方時沒什麼事發生，沒好事也沒壞事，無愛，無懼，毫無危險，毫無想法，毫無認識，更遑論與該地產生關係或者看見神出現在天空之類的異象。我只是剛好晃過這些地方或者碰巧經過而已，若曾過夜，也只因不得已（或者覺得這些地方其實也很適合我不得不的無奈心情？）。

看哪！就在這樣的一天，在突然開始行動的前一天，這些如潮水湧上心頭的地名及影像，帶我回到了那些我曾穿越過、曾漫步過、曾遊蕩過的地球角落，我得到了一種存在證明，儘管稱不上是恩典。你及你的同類，你們存在過，並且，至少今天或者明天，還會繼續存在。如此被一波波的圖像及名稱淹沒，有種如願以償的滿足感，就像「費沙門德」（Fischamend）、「茵斯布魯克旁的魯姆」（Rum bei Innsbruck）、「黑森林裡的蓋恩斯巴赫」（Gernsbach im Schwarzwald）、「溫迪施——迷你霍夫」（Windisch-Minihof）、「米爾茨楚施拉格」（Mürzzuschlag）這些名字一樣。

這一天還尚未結束，一切就全過去了。就像這星期裡的每一個夜晚，我總在（如今愈來愈遲來的）黃昏左右時出門，在成功地做到「繼續不做任何事」後，走進「三站酒吧」。酒吧老闆同往常一樣愛秀，翻開新西裝內裡，露出大得可疑的字「ARMANI」給我看，我也很配合地發出「很實在！」的讚嘆，老闆回道：「就像我！Comme moi！」

剛開始的第一個小時乏善可陳。吧臺前跟吧臺後都沒人說話，頂多幾聲驚呼，大家全盯著電視機裡每晚都有的足球賽，絕大多數是英國或西班牙足球聯賽，否則便是有馬賽球隊出場的比賽。馬賽（Marseille），是老闆五十年前還是個十五歲少年時，在無父、不識字、沒有工作，從北非阿特拉斯山脈搭船抵達歐陸，露宿風餐過了好些夜晚後，終於找到立足之地的城市。

週末即將來臨，「三站酒吧」（「二」指火車站，「三」指巴士站，「三」是「幾箭之遙的」區間車站）來了不少下班後的客人，從郊區火車站（這才是我們口中真正的車站）到酒吧門外的廣場上，原本就沒什麼人現在更是空蕩無人，至少在酒吧人是更多。之所以覺得酒吧擠滿了人，是因為幾乎所有客人都站著，不是擠在吧臺邊，就是站在幾步外的窗戶附近。若有人坐下來，往往就是坐在後面角落那一對了，今晚也是，很神祕的一對，總是離窗戶遠遠的。

我們這些或坐或站的人，一開始都是一個人，各自保持距離，每個人也都大不相同，不只是穿著打扮、膚色或者其他原因。其中也有下班後結伴而來的工人，通常兩人，最多三人一起，不過很少見，幾乎可以說是特例了，就像現在也是，外國人、波蘭人、葡萄牙人或是其他什麼地方來的人。然而大家還是有個共同點，就是有件事（隨便怎麼稱呼）我們都曾未做過，從不且永不，那就是渡假。看看站前廣場上空蕩無人哪。在短短幾星期的假期裡，要不回鄉下老家，要不待在這裡就這樣過了，反正就是不會去什麼渡假地。從不且永不？誰知道。

我幾乎認得所有下班後來這裡的客人，有些甚至不只是打過照面。站在那裡的是一家早已關店了的車站咖啡廳老闆，那是他的固定位置。他咖啡廳的百葉窗鏽蝕得一年比一年嚴重。酒吧裡的眾多客人中，他最為安靜，卻也是最愛聊天也最坦率的一個，與此同時他的身分又相當神祕，一點也不像他表現出來的模樣。有時，我白天經過他從前工作的地方，會敲敲深鎖的鐵門，快速的連敲，聽起來像是只有一聲，再一聲，然後再響一聲，在我的想像中，這種招呼方式會從空蕩無物的空間裡得到某種回應。

雖然稱不上是規矩，可是在足球比賽結束前還有中場休息時，總會開始下班後的閒話家常。亞當，一個來自葡萄牙的水泥工、電工、屋頂工、裝潢工外加暖器維修工等等族繁不及備載的工作，在過了誰曉得到底有多久後，終於在上星期遇上一個女人。已經六天了，他對著我一根一根手指數著這六天，一次又一次。亞當一臉容光煥發，那光采絕對不只是因為下班後剛洗乾淨的頭髮，以及刮得乾淨的鬍鬚。他已經去她家兩次了，一次他請她吃晚餐，結束後她給他回家的車錢，巴士票、電車票，還有火車票，一共十一塊九，全是她出的，這可比她晚餐吃掉的錢還要多。「今天她打了十四通電話給我！第一次有女人不跟我要錢，而且還是巴西人！」

那個在拉德芳斯區[7]金融大廈高層上班的經理或什麼的，反正，他不吝讓大家知道，他是所有人當中薪水最高的，也不像我們這群小丑，他是真正的「圈內人」；這人在沒人關心的情況下，自顧自地說起自己如何試圖離開高層圈，但「人家」不讓他走，「還不行」，他的「本領」太獨一無二太特別了，公司仍然需要他。縱然如此，他還是覺得自己被上峰打壓，被那些「沒水準的人」，滿腦子只想打敗別人殺死別人，沒錯，「我才不像他們那樣高高在上！我想去別的地方。去哪？不知道，我要是知道就好了。可是有一點我是知道的，而且早就知道了：我要過騎士生活，une vie chevaleresque，在山丘另一邊是沒法過這種生活的，他們根本不

7 La Défense，巴黎金融中心，高樓大廈雲集，新凱旋門為其地標。

懂，對vie chevaleresque（騎士生活）毫無概念。該怎麼做才能脫身呢？要怎樣才能擺脫那群在高層裡的殺手好變成一個騎士？」

照慣例，視線留在室內一段時間後，我就會看向戶外，盡量往遠方看去，不是往天上，而是朝著地平面延伸出去的方向。從這裡最遠可以看到火車站前廣場往西延伸過去的兒童遊戲區，在那個傍晚，那裡恰巧是日落的方向。在日頭落下許久後，還有兩個孩子在那裡盪鞦韆，就像早上的蝴蝶一樣。那兩個孩子有時看起來就像三個，鞦韆盪得飛快，就像比賽似的，天際愈是暗澹，鞦韆則盪得愈高愈激烈。我突然想到「遠處盪鞦韆的孩子」，還想到「荷馬」（Homer），不過這不是《伊利亞德》（*Iliás*）描述戰爭的史詩，也不是奧德修斯（Odysseus）的迷航，更不是最後回到他的家鄉，比較像是荷馬第三部史詩，那部從前不存在，今後也不可能存在的史詩。或者其實存在，只是未被傳誦？現在看哪：遠處盪鞦韆的孩子一個盪到高處，接著是另一個。天色愈暗，孩子盪得也就愈高。

夜色漸深，「三站酒吧」也漸漸空了下來，就像一般週末，我站在伊曼紐（Emmanuel）旁，他是個車身彩繪師，時不時會傳首自己剛寫的詩到我手機上，通常是在清晨，在他動身前往十幾個巴士站外某個新市鎮的工坊之前。

「曼紐」是這個適合下班小酌的酒吧裡，就算不是最常，也是最認真談心事的人。很難說是否只對我一人談，就像現在只有我們兩個人，我仍不能確定他是否在回應我的提問，還是自顧自的敘述。不過我也因此知道一些他的事，比知道他如果穿襯衫，只會穿免燙襯衫這種事還要多更多。

今天，我又知道他前臂上那一塊看起來像是燙傷留下來，或某種抹不去的漬跡，到底是什麼了：那是刺青，他身上唯一的刺青。那是四十多年前，在他還未成年時，自己親手蝕刻的。圖案範本是「une pâquerette（一朵小雛菊）」（字源為「pâques」，復活節？），德文又有「小鵝花」（Gänseblümchen）及「千美花」（Tausendschönchen）之稱。刺下這玩意兒的原因呢？原來自童年結束後，他往往被同年紀的人排除在外，跟家人，父親、母親、兄弟姊妹之間的關係也一直是疏離的。藉由這個刺青，他想表達自己的心聲：我是其中一員！——表達給誰看？其他的青少年？——他們根本沒看出來，這也難怪，當時就很難看出是pâquerette（小雛菊），連刺青都不像是刺青。這個「我是其中一員」的記號應該是只對自己有意義的。——真的有用嗎？之後你感覺自己是其他人當中的一個嗎？——Mais oui，有呀！

他曾在海外，在圭亞那的叢林裡，當過一陣子的傭兵，不過在回到出生及童年成長的地方，並在此地有了固定的工作，就幾乎再也不曾跨出這一省的省界了。過去幾十年，他甚至從未到山丘另一邊下面的巴黎附近，更不必說海邊了。結婚？沒。孩子？「néant（不可能）」。女人？他傾慕女人，每回談到女人時，他總是既含蓄又委婉，而且只說好話。再說顯然已經很久沒人「跟他走」了，因為他對最後一次約會的描述，聽起來像首純潔的詩篇：如孩童般，他指著自己星期五晚上刮得光滑無瑕的臉頰說，這就是「她」的吻落下之處。而講這些話如今也是好幾個月前的事了。

這就是他：有如沒長大，還是個頑皮的小男孩。同時，我對他這個人還有種想法，這想法可不是在那一天晚上才出現的，這種想法，是我對我們這一區的任何人都從未有過的：這個伊曼紐極可能，甚至很快，會去殺人。（但這裡難道沒有第二個，或第三個殺人的人，無論是蓄意還是無意？這個，或許，稍後再說……）我對這樣的「臉相」沒什麼解釋，更不用說那些推理劇中的兇手，尤其是老片裡，就跟我這個朋友一樣：瞳孔上吊，眼睛大部分都是眼白。

之前我曾試探過他，而他只是訕笑。面對我作戲般誇張的試探，他第一個反應是細微到幾乎無法察覺地向後一縮，那是急急逃避的倉皇。現在在酒吧裡，我在他身邊，離其他客人及老闆都有段距離，姑且不論老闆有對順風耳，我問他：「你殺過人嗎？」

我也不知道自己為什麼會這般突兀，對我來說這實在是太快了，一下子就提出這樣的問題，也沒別的意思，至少還沒有。但這其實不再只是玩笑。我是認真的，「終於又認真起來了！」內心響起這樣的聲音，「再會吧，親愛的無所事事。」

「有，有過那麼一次。」他答道：「在圭亞那。雖然不是故意的，至今我仍然非常難過。那是一條蛇，女人送我的禮物，在我當軍人的最後一天。一條原始叢林裡的蟒蛇，溫馴、無害，是非常美麗的動物，身上有著樹木年輪似的花紋。女人將蛇放進專門用來運送動物的箱盒裡，還為了我在牠脖子上綁了一條帶子，讓我回到法國後可以牽牠出去散步。就在那一個晚上，我在黑暗中不斷地拉扯這條帶子，我不是故意的，我也不知道自己到底為什麼要這麼做，或許只是好玩。第二天早上，我發現我親愛的蟒蛇已經被勒死了。我永遠的罪孽！」

「我在瓦赫蘭（Wahrān／Oran）也殺死過一隻燕子，」吧臺另一頭正在拖地的老闆插嘴說道，「其實我也不確定。好幾隻燕子一起站在電線上，離我變遠的，我站在母親房間的窗戶前，拿著兒童彈弓瞄準牠們射，或者其實只是瞄準電線？突然間，我也沒怎麼動，一顆石頭就這樣彈出去，原本有隻燕子站著的地方突然就空了！天啊，我嚇了一大跳，母親打了我一耳光，這是唯一一次，我挨耳光時沒發出任何聲音。」（上述兩個故事皆由作者譯成德文。）

在我繼續追問伊曼紐時，聲音漸漸低了下來，這不只是為了避開敘拉利（Dschilali）——有「魁梧」或「強人」之意——的順風耳，雖然我放低了音量，卻字字清晰：「你可以幫我殺人嗎？」他連頭都沒搖，只是嗤的一聲，便嘲笑我：如果這是個笑話，那可一點都不好笑。接著他轉頭不再理我。我繼續追問：「如果付你錢呢？一萬歐元？還是一萬五千？」聽到這話我這個車身彩繪師的朋友回過頭來瞪著我：「那人對你做了什麼事，以至於你想殺他？」我回道：「他沒有對我做什麼事，或者也有，特別針對我，不過這種事我很習慣了，偶爾甚至覺得不錯，還挺好的；但對我最最聖潔的母親，那人做出來的事就不只是不公不義而已。」

很認真地，愈說愈認真，這一晚，我一口氣將這些年來只在腦中打轉（就算不是一直記著，還是每隔一段時間就會想起）的事說出來，於是我繼續說下去：「侮辱我母親的人，而且還是用語言文字令她尊嚴盡失的人，必須從這個世界消失。是時候了——如果不是今夜，就是明天，最晚後天！」

在遠處擦玻璃杯的老闆，用著足球比賽播報員的聲調說：「Matâ！殺！用劍。Mah al-saif。砍頭！」他甚至不必問是怎樣的侮辱，在他眼裡，侮辱母親的人就是該死。伊曼紐也同樣沒有追問原因，即便他對母親以及對母親這個詞沒什麼特別的想法，他現在瞪著我的目光似乎充滿了理解，對我，或者至少對我的情緒——當然那不只是情緒。他沒有說出口的是：「你必須親自動手」，若真說出口的話必定又是隱隱帶著作戲的口吻，這場戲會由我們兩人或三人的對話拉開序幕。「這種事你不能僱用殺手。」接著是我的回答，以堅決的語氣：「不，當然要找殺手。我，身為兒子，不該也不願親自對那女人動手！」客人及老闆如合唱般的異口同聲：「原來對方是個女人。」接下來陷入漫長的沉默。突然，一名在暗處聽到這段對話的陌生人出聲了，表示願意去殺掉這個罪大惡極的女人，免費，而且是認真的。我卻是嚇了一跳，只能心虛地推託：「這不過是說著玩的！」

我們一直在酒吧裡待到接近午夜，不只我們三人，還有些很晚才來的客人，像那三名垃圾清運工，在河谷高處地區來回清理過後才來；這回不知何故竟然請我和其他客人最後一杯——不，永遠別說「最後」。電視上正無聲地播映著約翰·韋恩主演的《赤膽屠龍》（*Rio Grande*），突然有人驚嘆：「這人走路多帥啊！」緊接著這句話的是老闆的聲音：「就像我，Comme moi！」

回家時我特別穿過火車站；最後一班開往伊夫林省聖康坦（Saint-Quentin-en-Yvelines）方向，經過凡爾賽（Versailles）及聖西爾（St Cyr）的列車還停在月臺邊。我從地下道走上去穿過月臺，邊走邊找人，我所尋找的那個人，是可以成為我復仇工具的人，他是我在曼紐身邊想像各種可能性時想到的。實際上我並不太認真找，因為我很久沒碰到他了，甚至覺得他可能失蹤，銷聲匿跡，或已經死掉了。否則，像現在這樣的午夜時分，在倒數第二班列車開走後，他往往站在暗影處，藏身於牆角或柱子後，連監視器都照不到的地方。每回他見到我，總是立刻開口招呼，聲音溫和輕柔，彷彿很關心似地，問我一切可好。有一次，在他從柱子後面出來在我面前現身時——他應該覺得跟我在一起沒什麼可疑，我問他住在哪裡，得到的竟是遊民的標準答案：「*À gauche et à droite*，時左時右。」無論夏冬，他通常穿著一襲單層薄薄的長衫，看那件多麼通風的「風衣」（多麼貼切的名字）。他常常因寒冷而發抖，不只是在十二月而已，然而他的聲音聽起來總溫和輕柔，帶著寵物對主人的信任。他曾在眾多咖啡廳裡當過廚師，不過從未在巴黎市區內，而是位於周遭近郊地區，從南到北，從東到西。就算在那段時間，即便情況不一樣，他也已經是一星期生活於左邊一星期生活於右邊了。這都是很久以前了，而現在這樣沒人知道他到底如何維生的情況也已非常久。白天他不見人影，到了午夜才會出現，在這裡、附近車站柱子或牆角下的陰影裡。某些咖啡廳的廚房真是小到不能再小，就連船上的廚房比起咖啡廳的廚房都算是大了；這樣的廚房通常位在地下室或者廁所旁。有一次，當他突然從火車站某個角落藏身處，用他那大得不成比例的眼睛朝著我看，我看著他，看著他的頭，就像是出現在某個咖啡廳迷你廚房的玻璃舷窗後，一個非裔黑人的頭顱。他戴著廚師帽，不是像現在這樣正對著我，而是側影。這個側影正低著頭面對那些看不見的鍋碗瓢盆，朦朦朧朧的，在窗後因蒸汽氤氳而變形，同時散發著只有天生廚師特有的專注神態。現在自然早就沒有了，熱切也同樣消逝，那急著跟我分享如何處理食材，要煮多久，烹調時間多長，個人獨家祕方等等的心情，但這從來沒發生過也不可能會發生。或者，誰知道，還是有可能？畢竟他一點都不老。也許他會回非洲去？難道那裡不需要個另類的魔術師，像他這樣的魔術師？像他那樣有如柱子後的聖人？

前幾次與奧斯曼（Ousmane）[8]的午夜相遇令我感到恐懼，不是為自己而怕，比較像是替他害怕？其實這種恐懼沒有明確的指向，更沒有具體的對象。像他經年累月、日日夜夜都住得如此簡陋（或者根本無處可宿）的這種生活根本就是無以為繼，或者很快地，可能在一個瞬間後——可怕的剎那！——就再也無法繼續了。除非有人插手幫忙，否則他一定會出事。而這個人就是我，長久以來唯一與他互動的人。我如何知道？我就是知道。這裡插手幫忙的意思是，我要委託他一項任務。為了錢嗎？他，奧斯曼，向來拒絕我（一開始）想給他的錢，並不是特意，也不是什麼自尊問題，然而他相當堅持；頂多偶爾請我去賣沙威馬的小吃店幫他買一杯午夜咖啡，那是火車站附近唯一深夜還開著的店。現在他就算接受委託，也不會收我的錢。對他來說，委託本身才是最重要的。「長久以來我一直在等你委託我做事，趕緊委託我！你對我有責任！」這話他並未說出口，可是他給我了這樣的感覺，而且不只用他那對大得不成比例，沒有睫毛的眼睛告訴我，還用愈來愈緊迫逼人的話語，最後甚至不再問候，每一句他說的話都迂迴曲折地傳達出下面的意思：「你還是一直一個人住嗎？你家大嗎？有幾個房間？廚房爐子有幾口？你家在馬路邊或私人道路上？」他要我接他住進家裡，不是出自仁愛之心接一名流民回家，而是以夥伴及搭檔的身

8 Ousmane 為西非，特別是在甘比亞常有的男人名字，源自阿拉伯語，意思是聖人，作者在此特別用這個名字來呼應上面所說的「柱子後的聖人」。

分，經過這麼多夜晚裡的叨叨絮絮，在清冷料峭的火車站，也該是時候了！他不是希望跟我回家住，而是要求。我們將會一起做些事，兩人一起幹一票大的，史無前例。我最好儘快為他計畫出要幹什麼，然後，他將會鄭重其事地付諸行動，一件轟轟烈烈的大事！我最後一次遇到他時，他一如往常以一樣的話語詢問我家情況，毫無預警地，奧斯曼突然從他藏身的柱子出來撞了我一下，並用拳頭捶了我一拳，雖然充滿善意，如所謂非洲人的友善，不過仍然相當猛烈，我一個踉蹌差點跌倒。第一次，我留意到這個看來瘦削羸弱的人有著碩大無比的拳頭，還有修長的手指，因幾乎全白的掌心而顯得更為醒目。

我是否很快就忘記那一剎那間發生的事？無論如何，我仍掛念奧斯曼。我對他的重視就像對那些人一樣，那些瞬間會從「他」

或「她」變成「我」的人，而「我」又可能轉頭就變成「你！就是你！」，突如其來，無法預知，剎那間的靈魂轉移，關於這些，我能說的實在太多了。長久不見奧斯曼的蹤影令我感傷。可是在這一個深夜裡未能在他慣常藏身的柱子後見到他的身影，我仍是鬆了一口氣。這件事，這件橫在眼前的事，並不適合他，也根本不適合我們一起做；這是我自己的事。我不該將它委託給任何人。但它同時的確是項委託：我交給自己的一項委託。

從火車站回家的路上，我並未走在行人道上，而是走在省道中間的分隔島上，這條省道是此地朝南而出的主要幹道，有時我用西班牙文喚它作「Carretera（幹道）」，有時則用東歐語稱它為「Magistrala（幹道）」，視情況而定。省道上的分隔島在白天就只是灰灰髒髒的白色，現在於夜裡則像磷光般閃亮。原本在穿過地下道後還有一部車的寬度，愈往郊區寬度就愈窄，有如箭鏃般。在我彎進回家的小路後，已經變成一般分隔島的寬度了。我走在上面，毫不在乎身邊呼嘯而過的車子——即使相當稀疏，仍沒有一輛車對我按喇叭或閃大燈，全都自動避開我，彷彿有人走在分隔島上是一件再自然不過的事。

一上床我便立即睡著，沉沉無夢。醒過來時感覺自己似乎是被緩緩推醒，而非突然驚醒，縱使有些突兀，卻也是輕柔的。我對時間的逝去毫無感覺，更對自己到底睡了多久毫無所知。房間角落發亮的時鐘顯示，我睡了兩個多小時。這與往常大不相同，通常我只要一醒過來，不管在白天或夜裡，總能馬上知道現在幾點，甚至連幾分都能清楚說出來。在我童年時，這項能力曾令全村的人驚訝不已，而現在我竟完全猜錯，要不認為時間已過了許久，不然就是才剛過不久。因為月光的關係嗎？在我睡著前並未來得及拉下百葉窗。——可是今夜並沒有月光，更別提根本不是滿月了。還是因為貓頭鷹的叫聲從永恆之丘傳進了屋裡？——不可能的，把貓頭鷹的叫聲當成鬧鐘，絕不可能；多少年來這活躍於午夜後的禽鳥，牠那悠長的啼鳴聲只會使沉寂更加沉寂，令我安穩地陷入沉睡之中。

我非常清醒、平靜地躺著。通常，那些入夜之初所立下的無可推翻的結論，或者不容置疑的確信，一到了白天的陽光下，甚至天色未明的時刻，就開始動搖了。更甚者，我在前一晚所想的、所發生的、所認知的、所立下永不反悔的決心，總在那當頭一擊中從沉睡裡被打醒，且還是顆碩大無比的拳頭，而後，之前的一切決心便顯得荒謬可笑；不只毫無根據，更是自大、令人髮指，是七宗罪裡的「傲慢」。這種在黑夜的最後時刻，或在破曉時分所發生的轉變，基本上已是定則，在我眼中則是律法（而我在過去這段清醒的夜間時分卻忘得一乾二淨）。

現在並非尋常之時。管他深夜或黎明：前一晚所做出的決定仍然不變。為我受辱的母親報復並非幻想而已。走上這樣一條路不達到目的決不罷休！這麼多年來都只是在腦袋中幻想，就算是莊嚴的悲劇，也終該結束了。——不過這罪行也應早過了追訴期吧？——胡說，這種罪行沒有追訴時限！

現在絕不可輕率，這是我言行舉止上最大的缺點。雖然我很想起床，但仍在大開的窗戶旁繼續躺著。森林後面臺地上的高速公路傳來沙沙聲，在新長出的綠葉阻隔下，比起之前復活節那一週要安靜許多，相較於冬天汽車所發出的轟隆聲，簡直是窸窣細響。無風，窗邊卻傳來一股氣流，彷彿是單單是氣這個元素對著我迎面而來。

當天空露出第一絲曙光，我便擦拭起那雙最舊卻也保養得最好的鞋子，雖然不是登山鞋，不過它陪著我穿過西班牙庇里牛斯山（Pirineos），還一路往南到瓜達拉馬山脈（Sierra de Guadarrama），後來更去了格雷多山脈（Sierra de Gredos）。至於咖啡，我則找出親手碾磨的牙買加藍山咖啡，除了風味絕佳之外，世上沒有任何咖啡豆能比得上它的療癒力，這可不是今早才出現的效果。值得一提的是，在出發前一小時，味道及氣味突然變得重要起來，往常占盡優勢的視覺與聽力，凝視與傾聽，全都退避三舍了。鞋膏的氣味，還有藍山咖啡豆尚未碾磨時的香味，逐漸浸潤我的全身與全意，而清晨的景色及聲響，再柔和，也很難、甚至無法引起我的注意。儘管仍然存在，卻毫無意義。不管何種景象，何種聲響，全都失去效用。值得一提的還有，在我失去準確預測當下時刻的能力後，似乎換來一種對重量的特別感覺：不經意間，所有收進出門用袋子裡的東西，我都會先拿在手上秤秤重量，從一隻手換到另一隻手，就像現在，我對與我的計畫「恰恰正好」相稱的沉重感到欣喜，或者對那「理想」的輕盈而感覺快樂。最後，我突然有了食慾，一般早晨就算尚未過午，至少直到近午時分我也很難吞下任何東西，但此時我坐在院子的椴樹下津津有味地吃著一顆蘋果。這是「安大略蘋果」，還烤了一片「pain festif（節慶麵包）」（附近麵包店買的），每一次「吞嚥」都如神仙美饌（正是如此美味），我在咀嚼時不由得朝著天空的方向仰起頭來。我吃著蘋果，就像有時吃梨般，連核帶蒂，最後連底部花萼殘餘處也全都下肚。

日子不能一天不讀書，不能不寫字，或不去拆解艱澀的文字。我該選擇哪本正在閱讀的書一起去探險呢？海希奧德[9]（Hesiod）的《工作與時日》（ϱγα ϰαὶ ἡμέϱαι）？《路加》福音書？喬治．西默農[10]（Georges Simenon）的《對面的人家》（*Les Gens d'en face*）？這不是他常見的推理小說——現在別提犯罪偵探小說！——特別是在這個特殊的日子裡？不要海希奧德，他在慶祝過黃金時代後就有很多抱怨，在白銀時代時已經不怎麼愉快了。我記得到了第五也是最後一個時代，黑鐵時代根本就是慘不忍睹，詩人在兩千五百多年前就將他的時代，他所身處的當下，視作黑鐵時代了。不，不帶《工作與時日》上路。也不要帶路加紀錄下的好消

9 古希臘詩人，推測生活於西元前八世紀，被稱為「希臘教訓詩之父」。

10 Georges Simenon（1903—1989），比利時法語作家，一生產出多部推理著作。

息，包括復活及升天，最後還有那些罪大惡極的人。而至於「今日你要同我在樂園裡」[11]，改天沒問題，要我說的話後天就可以了，但今天：不行！另外西默農無比狡黠的文風也會令我分心，即便我不介意某些令我分心的外務，這些外務有時甚至是核心的一部分，不過這對今天所餘剩的時間：再一次不行！這該是不讀書的一天，頂多是不經意、在偶然經過時讀讀刻石牆上的文字。然而，我竟已想念起翻書時書頁所發出的聲音，特別是薄頁紙所發出的清脆聲，美如天籟。今日無書，我的愛已遠逝（No book today, my love is far away）。

不像以前每一次離開房子、庭院及這地方，這回我並未尋找任何徵兆，無論是哪一種徵兆（或者這些徵兆比較像是自動跳進我的眼簾？）。比如說綁鞋帶時突然鞋帶斷掉，對我而言並不代表最好待在原地不動，也不代表莽撞會帶給我不幸。鞋帶斷掉沒有任何意義，沒有，完全沒有，平靜地換過另一條鞋帶繼續，反正那一條也早該扔了。路上要是有隻黑如焦炭般的貓橫過我面前呢？趕快再來一隻吧。而肩上揹的旅行袋，不就是列夫．尼古拉耶維奇．托爾斯泰（Lev Nikolayevich Tolstoy）一百一十年前離開故居亞斯納亞—波利亞納（Jasnaja Poljana），蹈赴至那個——叫什麼名字來著——火車站小棧房裡死去時，身邊那口布袋的復刻版嗎？——那又如何？——還有天上那兩架緊接著飛過去的飛機：難道不是後面飛機追著前面飛機，並就要在此刻，就是此刻，將它擊落，這不是代表戰爭的意思嗎？——以前是這樣沒錯。

11 路加福音二十三章四十三節。

任何事都不能打擊我展開行動的決心。我也不需要特殊外力來增強自己的信心。或許在別的日子裡，當那隻知更鳥離地非常近，穿過庭院從我的腳邊往大門飛去，後又橫過我面前時，我會讀出預示的意涵。而現在，我看出牠在作戲，一齣為我所演的戲，牠朝著我飛來，離我而去鑽進灌木叢又再回頭，就像一場追加表演，令我更加堅定，就像是其他所有大自然變化的一部分，全都是對我的呼應，並引領我跟著一起入戲。

不過，我眼前這隻下巴胸前有著磚紅色羽毛的毛茸茸小鳥是在演哪齣呢？牠扮演的角色是「復仇教練」。沒錯，是有這樣一個角色，若沒有，至少在這一幕裡，在我的幻想中是存在的。這角色不單出自於我的幻想，同時也是從舊約聖經那裡面完全不同的角色聯想、記憶及複述出來的，像以利亞還是誰，在沙漠還是哪裡，在長久的堅定不移後，終於聽到上帝的聲音，不是在故事初始的滂沱大雨、閃電交加與震耳欲聾的雷聲之中，而是在一切結束後長長的沉寂之中（如果我沒記錯的話），天地無聲中上帝的聲音響起，像是最最輕柔的低語（希伯來文用的是哪個字呢？），或者就我的想像而言，有如蟲鳴。

這段聖經的記載通常被視作證據及比喻（Gleichnis），證明上帝不是靠大自然的威力讓人類聽到祂的聲音，而祂的聲音也不會像是颶風或暴雷的聲音，而是……（點點點）。這個故事在聖經裡自然還有下文：上帝再輕柔不過的細語從寂靜中傳來，堅決且不容分說地命令站在岩漠上的先知：報仇！為我報仇！為我的子民報仇！

而我在這個開始行動的清晨，看著毛茸茸的紅色小鳥，彷彿也見證了類似的場景。渡鴉四面八方此起彼落的叫聲，嘎嘎粗啞的鴉啼，如磨刀般急促響亮的山雀鳴，亞洲鸚鵡的尖叫聲，烏鶇的哨聲，松鴉的怒聲啼叫，鴿子不滿的喃喃聲，沒錯，就是不滿，還有喜鵲的抱怨，山雀的嗤之以鼻，以及誰知道是什麼名字來著的鳥，如擂鼓般的啼鳴。但那隻知更鳥，近到觸手可及，牠優雅地繞著大圈圈朝我飛來，在我身邊環繞，或在我面前振翅飛舞，牠除了拍動翅膀若有似無的窣窣聲外，一聲不啼。最後，這隻鳥終於停在一根只長著棘刺的無葉枝條上，與我平視的高度，頂著一頭蓬鬆的羽毛打量著我，尖尖的鳥喙沒發出半點聲響。唯一的聲音，是牠在枝條上晃動時所發出的聲響，彷彿永不停歇。短促、毫無變化而充滿節奏感的聲音，不停地上下點動，又不只是頭上下點著而已，是竭盡全身之力的點法。最後終於聽到牠的叫聲，是輕柔的窸窣聲響，同時又是嚴厲的命令：「去！去做！」如此這般，牠在我面前又搬演示範了好長一段時間，直至這隻毛茸茸的紅色小鳥忽地撤身，無聲無息地飛向長滿常春藤的圍籬。牠在那裡已築巢三日了，直到現在我才發現。牠尖尖的鳥喙，啣著鉛筆削下來的螺旋狀薄片，鬆垮垮地彼此勾連著，而牠離去後空蕩蕩的枝條仍兀自上下晃動。

這些年來我已養成了一個習慣，每回離家，我總是再三回首，端詳庭院大門，以及部分被樹擋住了的房子。期間，我甚至會倒著走，並數算自己的步伐，現在九步，現在十三步，靈感自是來自猶加敦半島（Yucatán）上所謂的馬雅神聖數字。過今天早上我既不回頭，也不倒退著走，就這樣直直向前！大步邁開，像演說家從布幕後現身，昂首走向講臺。

此刻，我有了我是自己唯一主人的感受，這樣的感覺在我生命中極少出現，次數寥若晨星。難道現在又出現了一顆這樣的晨星嗎？讓我們往下看吧。（我們？你們和我。）與此同時，我也感到每條神經每條肌肉還是什麼的全都繃得緊緊的，因警覺而發顫，這是一種待命的狀態，而這一切，全都是為了同一件事。這種狀況已比我年輕時少多了。不過再比年輕要更早之前，甚至是在童年時，警覺和心不在焉的狀態至少是一樣多。而在年紀漸長後，由於「年齡的關係」，心不在焉的狀況愈來愈嚴重，最近更是幾乎每天發生。記憶加速減退，總是一再想不起那些用品（Gebrauchsdinge）到底是什麼，怎麼使用、到底在哪裡，其中忘記位置是最常發生的情形。但我找到了原因。要是你們覺得這不過是個藉口，我也不反對。其實這跟我這個人或者年齡都沒什麼關係，主要還是因為現今這些所謂的用品，當今所有的器具（Zeug），總是能被取代。他們形式統一、毫不起眼，在不在眼前根本不重要。除去少部分骨董及經典，其實全不必要，要不就毫無用處，還有因其所衍生出來的種種家居及非家居行為，也根本不必要。這導致了最糟糕的結果，就是不斷錯置與遺忘，這種情況有時真令人捶胸頓足，不管年輕或年老。

解釋？藉口？都一樣。在開始行動的當下，此刻，我離開房子離開住處，重新喚醒原始的警覺，那是歷經轉化的新能力。一方面帶有著「最壞打算」的沉著，如同面臨即將降下的災禍，即便不是戰爭，不是上一次的也不是最後一次的，也還是得做好應對的打算；另一方面這種警醒，在不斷重複的循環裡是一種覺知。同時，是的，在同一瞬間，也是全然的內化，內化什麼呢？一而再再而三，毫無來由，平和地，平和到難以想像（在這個世間），一種道成肉身的太平，另類的真實存在，可以說是「無可競爭地平和」。無論如何，這就是我的感受，平和為先，爭鬥或威脅都被留放至遠方。總之，就是一種嚴肅莊重的平和狀態。而我，一早出門朝著目前誰都不知道的方向前進，就屬於這狀態的一部分。在這個溫暖多雲的早晨，我想起《安東・萊瑟》[12]（*Anton Reiser*）中的一段話：「這天氣多麼適宜出行，天空低到快與地上連成一氣，四周所有東西都黝暗不明，彷彿人們就該把全部的注意力集中在路面似的。」

不過到底為什麼，就在我走出小徑轉進被我稱為Carretera的省道時，人行道上那位蹬著高跟鞋，朝著火車站方向走的年輕小姐會被我嚇到？在我想像中，我應該是一臉平和莊重，為什麼她會被我嚇到倒退一步，還發出無比尖銳的驚叫聲？

沒錯，自孩提時期我便有暴力幻想，而這幻想也不只是單純的遊戲。就先別提繼父了，每回在他夜裡追著母親暴打，一邊發出笑聲，隔天清晨因宿醉倒在床邊地板上呼呼大睡時，我總幻想自己從柴房拿出斧頭，朝著他的頭砍下去。還有這些年來在這異地，我，一個陌生人，一名外國人，因鄰居院子裡那些土生土長，再本土不過的狗，老是鍥而不捨且不願罷休地狂吼亂吠，而無法抑制自己不住地無聊幻想——將這些狗及他們所處的房子全都用巴祖卡火箭筒（Bazooka）直轟上天，夷為平地或化成一片火海，讓人畜深陷陣陣哀嚎。其實我根本不知道巴祖卡火箭筒事實上到底長什麼樣子，更遑論如何使用它了。也許總有一天我會實現我的暴力幻想（也可

12 德國作家卡爾・菲利浦・墨里茲（Karl Philipp Moritz）一七八五至九〇年間出版的成長小說，與歌德《少年維特的煩惱》齊名。

能不會），諸如：拿起一塊帝王時期遺留下來的路緣石，砸掉街角那間瑜珈店的櫥窗，懲罰那些濫用樹、濫用自我膨脹、濫用心靈平靜的詩句，及濫用印度西藏的智慧佳言的人，像是：「接受一切情況，一切情緒，一切行動，一切眾生。」其中穿插的標語則為「務必提前十分鐘到場」以及「進入房間請先脫鞋」。

「我要殺死你（不管是你或你們還是你或妳）！」這樣的詛咒，曾經（也不是那麼不尋常）在我自言自語時幾乎脫口而出。不過它從不曾化為聲音，更不曾大聲地或在他人面前說出。若真有一天說出口，我是這麼想的，這詛咒將會是對我自己下的，而我遲早會真正犯下一起謀殺。從前我總是夢到自己是即將被人揭穿的殺手，一個幾百年來不斷犯下謀殺案的氏族，這夢已經很久不再出現了，這令我相當訝異，幾乎感到惋惜。

我自覺也自知是個天生的兇手。但這究竟是受夢境引發，或者反過來夢境受這樣的意識而生？誰知道呢。但我絕不是個天生的復仇者。雖然這還能再細究，看是為「我」或者為「別人」報仇。在我記憶中我只為自己報過一次仇，這記憶不可能造假，因為這樣的復仇留給我的記憶，除了悲慘的失敗外什麼都沒有。那時我被女孩，不，被「那個」女孩，就是那個我想為自己報仇的女孩嘲笑，而就在我剛出手，說了句不得要領的話之後，馬上就被人忽視了，包括我這整個人在內。這一切就只是模仿，一種再笨拙不過的模仿，一種照著孩子（我）想像中的「復仇」模仿；類型：「兒童復仇」。

縱使失敗，在後來的歲月裡，我仍不只一次為了其他受壓迫的人而有了復仇的衝動。這些其他人，說怪也不怪，毫無例外全都是親人，母親那邊的親人。其實也就是她的兩個兄弟，當時被那個故作高尚，實則聲名狼藉的德意志帝國強徵至俄國戰場——「異鄉的土對你們是輕盈的！」[13]。他們的姊妹，也就是我的母親，一次又一次地對著成長中的我提起那對被異鄉的土地折磨煎熬的兩兄弟，她的敘述充滿感情，使這兩兄弟真實到令人發毛，彷彿穿過房門，站在我這個聆聽者的眼前。母親說了又說，提了又提，早晨說，晚上說，深夜裡也說。而我，念頭也愈來愈強烈：報仇！只是：該找誰報仇呢？該抓誰，在過了這麼久之後，何況當初也還不是抓無人嗎？即使如此：報仇！另一方面：到底該如何做？用什麼方式？以什麼工具，工具又是怎麼找來的？要誰贖罪？如何贖罪？而贖罪的判定不是官方的事嗎？哪有什麼官方或當局呢！不過機關是有的：一個負責復仇的機關，也是我的復仇機關。於是，愈是慷慨激昂，愈是窒礙難行。

我從沒想過，這個機關有一天將會認真執行公務。在它命令我去做時——我的感覺真是這樣——情況卻與之前恰恰相反。類似的情況（不，沒有什麼可以拿來「類比」）在很久以前我曾遇過一次，就一次而已：一封匿名信，恐嚇要殺死我的孩子，因我無法令那些被我祖先（這只藏在字裡行間）殺死的六百萬猶太人復活。這事我曾寫過，這裡還要再寫一次，就像這個故事裡的二三事那樣，因為重點不同。當時我拿起信時，馬上就猜到是誰寄的，我卻沒有拿把摺疊刀放進褲袋或是哪裡，立刻出門去找寄件人，就像現在這

13 此句改寫自西方常見的拉丁文墓誌銘「此方土於你是輕盈的」（Sit tibi terra levis）願你安息之意。

個早上這樣，出門報仇。為什麼不呢？當時我不理解，現在我也還是不理解。我唯一理解的，就是這沒什麼好去理解，過去沒有，現在也沒有。沒有為什麼。或者這麼說，整件事情的發展，就算不是空洞的，也是純粹機械式的反應，逐漸消解、如釋重負：想像那位寄件人，站在大開的門前對我無聲的獰笑，面對面站著如同我跟你，褲袋中緊握著刀的拳頭鬆開成五隻或五百隻玩在一起的手指頭。別批評，更不要指責，還有，小心！別提懲罰。懲罰不該是我的事，從不，永不；然而復仇是，這可是完全不一樣的事，因母親對她兄弟的描述在我身上留下難以磨滅的印記。只是，就這件事情來說，要報什麼仇呢？

而暴力不總是留在單純的想像裡。有時也是我的錯，使用了暴力，赤裸裸地簡單、直接。是的，暴力存在於我的某些行為，也以另一種更常發生、更猛烈的方式，存在於我的語言中。但我那些語言的暴力，一律都是口說，從來不是書寫下來的文字，我的意思是，不是給那些特定的閱聽大眾，為了出版所寫下的文字。那樣的書寫與記錄，將暴力化做文字，向來是我的大忌。

這些暴力行為，語言或許比肢體更為強烈，而無論解釋這些暴力行為有多容易，有時甚至合情合理，都仍無法阻止它的發生。隨著年紀漸長，我愈來愈常見識到暴力的巔峰，有一次甚至是懷著真正的謀殺意圖，公開執行，像正式的官方行為，完全合乎自然法那樣，以一種——又是荷馬[14]——遠距書寫，毫無侮辱字眼的文字語言，簡而言之就是報紙上的語言，書寫了下來。當報紙自認為唯一

14 作者認為荷馬的書寫模式與遠距書寫的特質相仿。

正解，凌駕所有人之上，可以解釋一切，能判斷所有是非對錯時，即是暴力之所在。這樣的暴力消弭所有事物及工作與時日，並以文字圍繞、夾纏、打結，最後勒緊；在我眼裡，這樣的文字將在這個世界上製造出最大的不幸，並使那些無從反抗的受害者蒙受無可彌補的不白之冤，而這正是這類遠距書寫（Fernschreiben）的本質之一。

實際上我對像「通訊員（Fernschreiber）」，這樣的職稱並沒什麼惡感，這裡所指的自然是另一種，第三種或第四種意思的「通訊員」。而令我產生「殺人」念頭的，是某一次在報上讀到一篇文章，一篇針對我的文章，其中附帶——在記憶裡也像是個附屬子句——提到，我的母親是曾經偉大的「多瑙皇朝」百萬子民中的一分子，國家凋零萎縮後被「德意志帝國」兼併卻歡欣鼓舞。我的母親曾那樣歡呼，也就是說，她是他的追隨者，是一名黨員同志。然而不只因為這個附屬字句，在這篇文章的版面上，還刊出一幅拼貼出來的照片，裡頭一張放得極大的大頭照，是母親十七歲的照片，拼貼在維也納英雄廣場（Heldenplatz）或是某處，一大群狂吼著萬歲還是什麼鬼的人的相片上。

「這就對了，以生死攸關的認真態度看待這件事。」我說，站在彎進省道的路口，如平常一樣默默無聲地與自己對話：「不過，就像愛有時恨也有時[15]一樣，親愛的朋友，難道不是認真有時遊戲也有時嗎？」針對這個問題，我是這麼回答：「錯了，朋友。我承認，變得嚴肅認真是有些突如其來，卻絕非生死攸關。這像是過渡到一個特別遊戲時的必要過程，一個遊戲中的遊戲；缺乏它，也就

15 出自舊約傳道書第三章第八節。

是認真，這一生也就玩不起這樣的遊戲，過去無法，往後也無法。而這，我得承認是個危險的遊戲，非常非常危險。但故事就是如此發生。」——「歷史主義？」——「笨蛋！」——「你才白痴！」一隻停在省道行道樹上的鳥同時大聲應和，甚至不斷搧動翅膀，一而再再而三地喊道：「白痴！白痴！」

撇除這一切，我仍分神地朝著久病纏身的鄰居那扇深鎖已久的大門看去。過去幾個月來，門檻上總是整整齊齊地擺著幾雙拖鞋，絲毫沒有動靜，在今早拖鞋竟立了起來，搭在門邊。我還注意到馬路另一側那個化成肉身實實在在的白痴，這也是對我的呼應。看他一手拿著袋子一手提著沒有輪子的行李箱，兩手不斷地交換著，像是不知道該拿這些東西怎麼辦，一臉白痴般地傻笑，又像是不知該拿自己怎麼辦，不理解命運要將他推往何處。我對著他打了聲招呼，似乎傳回一聲含混不清的「Bonjour（早安）！」。在Magistrale省道遠處站著一個人，一名化石般的老人，「自清早第一班車後已經好幾個鐘頭了」，佇在人行道中間，「像是被放鴿子似的」。

挺奇怪，不過或許根本也沒什麼，在我開始復仇的旅程後所遇到的每個人總是單獨一個。（其中有一對——兩個單獨的人，被我稱為「新式的一對」，有一個是侏儒般的老嫗，又是個化石般的老人，拄著拐杖顫顫巍巍地往前走，旁邊另一個則是跟她比起來顯然年輕很多的女人，蹬著高跟鞋，一頭秀髮在風中飛揚，這絕對無法用來形容老嫗的頭髮。）就連坐在行駛於Carretera省道上巴士裡的乘客，也全都是單獨一個。甚至放眼回望鐵路上的列車，車廂裡頭一個個影影綽綽的人影，同樣全都是單獨一個。啊，我在「去！去做！」催魂般的驅趕下突然想起，如今不正是後復活節，或者五月假期的尾聲了嗎？明日，也就是星期天，是收假回家的大日子。

即便如此，為什麼連一般只在覓食時會出現的動物，在我眼裡都是一隻隻單獨的，觸目所及全都沒有同伴？看哪：那熟悉的巴爾幹蝴蝶，平時如旋風般幻化成無數分身成對雙飛，如今全都好像孤伶伶的，低低地貼在地面附近，在柏油路上無精打采、胡亂地飛著。為什麼會這樣？夠了，不要再問問題了，就像用力關上庭院鐵門，碰得一聲如雷鳴般在四周久久不散那樣，繼續往前吧，任由路上的風拍打在臉上。

值得一提，不，值得細述一下，無論什麼方式，從這個廣場到那個廣場，這個運動場到那個運動場，這塊空地到那塊空地，全都是單獨一人的玩家。一個打籃球的人，附近就只有他一個人。向左閃，向右閃，遠距投籃，高跳至籃框下灌籃，這些進球的動作看起來仍算稀鬆平常。同樣一個踢足球的人（或多或少是同樣的吧），是場上唯一一個，一次又一次在十二碼的定位點上，將「皮球」（如果真是皮做的話）踢進無人防守的球門。踢回來，撿起球再玩一次。那個拿著網球拍的人就比較醒目了，沒有球，也看不到網子，如果他站的地方真是網球場的話，也是過去式了，早就荒廢成terrain vague（空地）了吧？看他拿著球拍，擊向看不見的球，不只朝著一個方向，而是四面八方揮去。還有那個玩滾球的，獨自一人站在沙地上，不斷將手上六個球上上下下地朝著空蕩蕩的球道或丟或撞或滾，一個球撞開另一個球，甚或將五個球如散花般全撞開，清脆的碰撞聲不時打破森林邊緣地帶的寂靜，遠遠傳過好幾條馬路、數個廣場、月臺，甚至傳到高速公路另一邊，到了那邊或許只剩「殘響」而已？這些單獨一人的玩家都像被牽著線的木偶，站得直挺挺的，每個動作都高聳著肩膀，有如被人拉線牽扯著，手臂忽上忽下，毫無意識地，眼皮一動也不動，不抬頭仰望，也不豎耳傾聽。

現在我走了很長很長的路，已到另一個地方，早遠離我住的區域了。至少我的感覺是如此。其實自我把房子及省道拋在身後，才過去沒有多久。「給我個數字！」——「我們就假設大約二十分鐘好了」；或者這麼說：「In no time（一會兒）」，我就跨出了我的日常生活以及屬於我的領域與界線，進入了一個雖稱不上是禁區，但就算現在以第一眼來看，也不是令人舒服的地方。另一個國度，一個陌生的異域，而其實——「你又說『其實』了」——其實這也不過是鄰近的另一個河谷，與我的河谷只隔著一條狹窄的臺地，就像法蘭西島的這一部分地區一樣，都在同一片法蘭西島天空之下，颳同樣的風，大多是西風，享有相同的土質，相同種類的樹，相同的大自然顏色，還有相同的有型及沒型的房屋，法蘭西島，一塊自承一格的土地，一座陸中之島，巴黎（今日不宜）居於其中，法蘭西島的邊緣地區因我常前往而變得熟悉。「現在要分地帶嗎？危險地帶？那為何在跨越的當下並未被禁止？」──「不，比危險地帶還糟，在當下感覺進入死亡地帶，片刻又會出現同樣的感覺。」──「怎麼回事？一個為了復仇而出走的人，感到自己處在死亡地帶？」──「沒錯，就是這樣，而且是獨自一人，之前這樣，現在也是這樣。」

終身禁止通行。而今：身處死亡幽谷。非法。違法。這形容對我卻是多麼適當呀！從未如此適當過。一直以來，我總是將自己所做的視為一種被暗中禁止的事，並因為非由外而來的壓力，而是自內心深處，深到無法再深之處之感。打從最初我便行著非法之事，我是個天生的非法者。如今我在完全出於本意的決定下，特意且執意跨越非法這條界線，主動犯下罪行；終於，我這個天生的非法者，將會在世界或是隨便什麼的眼前熠熠生輝地顯現出來。早在童年我便被某些特定的罪行吸引，甚至感到興奮，現在這件事同樣如此，也會如此這般顯現出來。大功告成！——「你是否也被那件驅使你復仇的罪行所吸引？或是另一件，那件在你眼中，只有你，身為兒子的眼中是罪行的罪行？」——「沒有答案。或許以後再說。在另一處，在另一個國度。」——無論如何，我終將能夠隨心所欲地活出天生注定的非法性！證明它的存在，將它化為行動，操演！履行實踐！

這樣的越界發生在我離開熟悉的區域後，這回離開與往常不一樣，我突然變得匆忙起來，不像從前（數不清多少次了）我離開時總是穿過臺地走到畢耶河（Bièvre）河谷，再朝著上游的方向繼續走，這回我走進與維洛弗雷（Viroflay）火車站比鄰的電車站，一棟地下三層的建築物，準備去搭剛開通不到一星期的電車新路線。一走進去我就不再勞動我的雙腿，而是站在剛啟用沒多久的手扶梯上，傳運至地底深處。

電車月臺在最底層，行駛雙向各有專用軌道，而雙向的軌道也全都通往各自的隧道裡。人們要是仰起頭來，朝著各種階梯（這裡與那裡）的中間，越過電梯朝上看去，可以看到這頭那一層與地面街道同高的屋頂，其間有如籠罩在明亮且散著柔和光暈的大圓頂下。這樣完整的空間，不單是階梯與電梯連結而成，如此設計可以說是嶄新的，即便以礦坑的深處仰望角度也是，從大凡爾賽計畫 16 的角度也是，嶄新之意在此意味著，這樣的形式與整體設計，在任何時間、任何地方都曾未出現過，更別說是其他電車站。（這可不是只有在我第一次使用它時才有的想法。）起初會忍不住拿它與存在地底深處的大教堂，或是地下拱頂墓穴（Catacombs）相比，但這從底部向上延展連續的空間設計，彷彿（不，不是「彷彿」）生機盎然，使其顯得獨一無二、無與倫比，它以一種溫和的方式，擊潰了所有相提並論的可能。

這樣的電車站無論在哪都從沒有出現過；或者可能有，在首爾、烏蘭巴托或是哪裡。「沒有！」（我說沒有就是沒有。）車站的牆壁基本上保留了素面的裸牆，不像一般地鐵站貼上磁磚，也未鋪砌大理石板（如果有我也沒看到）。此處土層已做加固，並做防水處理，除此之外就保留著剛挖掘過的新鮮樣貌，這個挖掘工程可是持續了好幾年。而且牆壁並不完全防滲防漏，這裡或那裡冒出細細水流，沿著沙、岩層、鵝卵石及水泥的紋路，畫出極細微的水紋，並長出青苔、小草、小細枝條（沒有枝幹的那種）等，也還有藻類從石穴般的車站牆壁裡冒出來，閃閃發亮有如水族箱裡的水草，並在列車進出站時隨波浮動。這幾面牆壁，在塞納河邊谷地深處，用土、沙、礫石、鵝卵石及岩層打造成的牆壁，多孔卻堅固，比起水泥更能抵抗時間的消磨。或者應該說，它是以另一種方式抵抗，一種「嬉戲般的抗性」，並展現出新建築裡罕見的恆久不衰

16 大凡爾賽計畫是二〇〇三年起凡爾賽宮及其周邊的整復計畫，共分三期，預計二〇二一年結束。

感，尤其是它選用了令人眼睛一亮的建材：砂岩。這種建材也出現在附近，特別是法蘭西島，現今仍有家庭世世代代住在超過百年的砂岩住屋裡，本地人或外鄉人都有。這些黃紅灰、紅灰黃等等顏色的砂岩，乍看之下相當易碎，如瀕臨崩壞邊緣（很快就要連牆面一起掉下來），實際上卻如火石般堅硬，狀似崩壞處也有著不受侵蝕的邊角，刀鋒般銳利。此外，在地底之下因著不同電光照明，牆面猶如一幅浮雕，遊戲般地變幻著不同的顏色。相較於地面建築外牆上的日光所照射的效果，地下裡的牆面更顯飽和明亮，就連太陽本身都相形失色。除了清晨或傍晚處在地平線上的太陽之外。是的，正是這樣的砂岩變色遊戲，黃紅灰、紅黃灰等等……使人感覺舉世無雙。

「不可讚服！」這些年來這句話已成了我的座右銘之一，幾乎成了信條，不單純是技術層面上而已（景仰或「被打動，受震撼」則是另一回事）。然而這座電車站所展現的「techne（技藝）」，還有，科學技術的先進，卻讓我不得不讚服。套用一句年少時期在某部老電影裡聽到的對白，少女對著年輕男子說——難道不是奧菲莉亞和哈姆雷特嗎？——「我不能不愛你！」

隨著一陣渾圓飽滿的低沉聲響，電車從隧道口開出來，這聲音與巴黎火車、巴士或地鐵所發出的噪音完全不同。上車後與我預期相反，我發現車廂裡不是只有我一個人，這也和我搭區間列車的某些經驗不一樣，特別是午夜前的那班列車，每次踏進空無一人的大車廂時，我都會大大地鬆了一口氣，默默地歡呼：「沒人！太棒了！」但在這個早上，當我發現自己是和別人一起搭車離開時，卻感到無比的輕鬆。此時此刻，我正好不想一人唱獨角戲。

兩節電車車廂幾乎擠滿了人，可能也是因為這路線才剛開通，大半乘客都覺得新鮮好奇或好玩而來，上班通勤的或者像我這樣抱持著特定目的而來的乘客，看不到半個。

通過隧道的時間意外地漫長，但這種感覺不只是在電車上，就像有時火車在火車站停留太久，只是現在情況相反，時間久到讓我不禁要問，是否一切都沒問題？不過其他乘客似乎不以為意，我也就裝出不在意的樣子。

隧道裡有一段爬升的坡度較為陡峭，再加上轉彎，即便幅度不大，仍不時會感受到、聽到車輪緊壓在鐵軌上發出的刺耳聲響，而背景音是低沉飽滿的嗚嗚聲。不期然地，列車終於還是出了隧道，迎向日光，就在這一刻，低沉飽滿的聲響突然轉為清脆明亮，較之一般噪音仍顯細微，還算悅耳，是一種如歌般、熱情好客的絮絮叨叨。

如此便從地底列車變成路面電車了嗎？不，還不到時候。的確眼前出現兩條馬路，但這兩條馬路並不在軌道旁，而是遠處左右兩側的斜坡上，各自緊鄰著森林邊緣，電車則行駛在斜坡下方寬敞的草地上，兩邊是及腰的雜草及比人還要高的灌木叢。此處在鋪設鐵軌前是塊紊亂無章的荒地，位於幾不見光的壕溝裡，今日軌道的位置，約莫是在雨水貧乏時乾涸的小水溝上。

以前我常常在這壕溝荒地裡闢徑而行，頗有意思，除了能採摘花楸果、野生櫻桃，以及野生醋栗等可口的食物外，還充滿了探險的樂趣。一次在荒地深處，細細的溝水匯流成了一窪臨時水塘，有隻全身漆黑的蛇正對著我而來，身子又細又長，牠不是爬行也不是蠕動，而是半身筆直豎立，在看似無路之處神奇地迅速滑行，最後一瞥還來得及看見牠優雅轉身，消失在泥沼中如瓦片般大的葉片下。我沒看到牠吐蛇信，黑得發亮的蛇頭上也沒看到皇冠，或者其實有？因在想像中，當這樣一種動物蜿蜒從牠的荒野中現身，便猶如此地國王般莊嚴高貴。後來我時不時會回到我們相遇之處，希望還能再見牠一眼，卻始終無功而返。因此我得到了（不怎麼科學的）結論：一條蛇絕不會再出現於你曾看見牠的地方。

自這片壕溝被鏟平，壕溝都不成壕溝後，我便一直有著依依不捨的心情。但就像在地下電車站那樣，如今我又有了欣賞的興致：在明亮無樹的草地中上上下下，溝渠裡的水蠟燭（Typha）以及岸邊半野生的鳶尾草，在電車軌道仍在地面下時，上面有一段人工步道，能橫越以前的壕溝，從一邊的山坡路通往另一邊的碎石小徑。若要說還有什麼令我感到遺憾、感到一現即逝的椎心，就是那隻如國王般高貴莊嚴，半掩藏在陰影下細長高挺的黑蛇。或許還有那些野生醋栗，然而我並不會感到椎心。這就像是滄海桑田：美仍美矣，不同之美。

在往上行駛的坡道旁，有三隻鹿站在開滿小花的草叢及灌木叢之間，草叢如莽原毫無遮掩，牠們都平靜地吃著草。在我看來牠們就是一家人，不是住在這裡，而是從不知哪個還保存著的荒郊野外跑來的，這電車窪谷如一個適合棲身的安全之地。在這一瞬間，我感覺忘了一切，彷彿我正要去參加晚宴，一個全新的或者新式的晚宴，而且不只是我，而是感覺全電車裡的乘客都要一起去。

從小，我就常帶著研究者的眼光探究電車軌道、枯萎的樹葉這類東西，特別是腳下的沙；而除了這些近在咫尺的小事物外，很奇特的（或許也不怎麼奇特），我也會對著遙遠的地平線再三端詳，從海灘上看向未知的自由與未來。此刻眼前的沙子也是，我指的是現在在電車車廂底下沙沙作響的沙子（至少我以為是沙子）。可是在搭乘了一個多小時終於抵達終點站後，我彎腰俯瞰電車軌道，卻只見如處女之鋼刃般的光芒，軌道上不被任何細微的沙粒所遮蔽，連一根細絨羽都未沾上。

經過一段長長的隧道，以及一段幾乎等長而沒有任何建築物的莽原地帶後，軌道漸與地面齊高，兩旁出現了愈來愈多的住家與辦公大廈，此時電車才變成了一般電車的模樣，車廂內也如其他電車一樣開始播送廣播。廣播裡傳出來的女聲可能是從磁帶送出（或者誰知道從什麼東西），播報著各站站名，以朗誦的腔調，如歌般的音色，配上毫不做作的語氣，充滿情感，甚至可以說是熱情，讓我感到非常親切。——「對女人還是對車站？」——「兩者都是。」

突然間我認出了聲音。這聲音的主人，這個女人，很久以前曾是我人生中不算少數的女性敵人之一（並非一開始就是）。那時她是個演員，專演配角。（真有這種事嗎？無論如何她很滿意就是了，覺得飾演的小角色新鮮有趣，有時還會非常自豪地提起這些角色。）

接著有一天，我發現被她敵視了。她刻意表現得一如往常，沒有將我推開，也不在遠處與我為敵，她知道我是怎樣的人，知道就算離得遠遠的，我還是能感覺到她對我的厭惡，反之，她更接近我，一步都不放過，最後甚至糾纏了起來。從半夜尖銳的電話鈴聲開始，很快就更進一步。早晨，當我打開庭院大門時，總先要有心理準備看到她會站在那裡，不是在電鈴旁（電鈴早就壞掉了），而是幾步路外行道樹下的樹蔭裡，她雙眼帶著黑眼圈，火眼金睛地瞪著我，兩腳一前一後，隨時準備開跑似的（只不過有一次她真的朝我跑來，穿著雙「鉛筆細跟」高跟鞋——這字眼一點都不貼切——，在門口前的礫石路上跌了一跤。還是這其實發生在更早之前？或者之後？那些與我有仇，且是深仇大恨的女人身上？是那名我們第一次見面就從我手上看出粉紅泡泡未來的女人？（她這麼說是要我和她一起嗎？）還是那個在還不認識我之前，就在一座光線昏暗人擠人的大廳裡遠遠瞥見我半個身影，當下她就覺得不太舒服，有了可怕不安預感的女人？或者，可能是那個人嗎？在某個漫漫長夜的最終，我走到她身邊後，對著我說「啊，終於！」的那一位？

每一次，當女人突然對我惡言相向，我總是毫無心理準備。每一次，我也都坦然接受它，就像自然法則一般，一條我無法解釋，也無法參破的自然法則，而我也從未想過要去參破它就是了。頂多一開始我會對自己這麼解釋，比如拿契訶夫（Anton Chekhov）小說裡的文句：「她討厭我，因為我是個風景畫家」[17]，或者自我催眠，宣稱自己曾許下承諾，或者透過其他誰知道是什麼鬼的方式去解釋，總之絕對不會是因為我的長相，造成了「某些我無法辦到，也根本沒人可以辦到的事」。再來就找不出更多的解釋或理由了；就連類似的裝模作樣也都演不下去。這些特別的女人啊，這些被創造出來、獨樹一格的生物；我仍然覺得她們是「被創造出來的生物」，甚至比以前更加堅信。她們往往對我不宣而戰，正因為不曾宣之於口，所以更加堅定對我的敵意，她們恨我，不遺餘力打擊我。這種恨意與打擊永遠不會結束，除非死亡將我們分離，這並非

17 出自契訶夫短篇小說〈帶閣樓的房子〉。

一廂情願，我也認為她們是對的。

然而在現實世界裡這些卻是日復一日、夜復一夜、月復一月地將生活消磨殆盡。這樣的女人，無論是其中的哪一個，總是使盡渾身解數地阻撓我。阻撓什麼？阻撓我的行動及我的不行動，阻撓日間的活動及與之相呼應的晚間不活動，阻撓日落與月昇。古早時候「撒旦」還有一個通稱的別名叫「阻撓者[18]」，這些女人的真面目就是「阻撓者」。毀滅？吞噬？阻撓，阻撓，還是阻撓：就只是這樣而已。若在這裡我故意省略對這些女人的暴力幻想不提，那是因我殺人的慾望從未如此接近「去做！立刻去做！」的地步，就算那樣的慾望只有幾秒鐘，但那是怎樣的幾秒鐘啊！

另一方面，我也無法解釋，為什麼那些恨意充滿的女人，以及一些聽不到也看不到的糾纏，每次就這樣戛然而止（雖不像開始那麼的「猛不防」）。某個早上，在我打開庭院大門之前，仍然依著前幾個月養成的習慣，從鑰匙孔窺探那女人大軍（其實不過一人）所在的位置，好為即將出現在眼前的景象做準備，然而事情就這樣過去了。眼前除了空氣什麼都沒有，糾纏永遠結束。這樣的休止就算是作戲，我也無法編出任何解釋，就連我那一貫「事情本該這麼發生」的心情也不管用。如此這般。從此再也不值一提。

糾纏停止的同時，這名與我為敵的女人也宛如人間蒸發。所有這些女人，我都不曾再見過她們一面，就算住在不遠之處的也是。據我所知，這些人也都還留在原處繼續生活，有一人甚至還是

18　猶太教並不將撒旦視為邪惡的代表，而是信仰的試煉者，受上帝託付阻撓人類完成上帝的意旨，以試探人類對上帝信仰的忠貞，舊約聖經中約伯故事為其代表。

我的鄰居；這真是謎中之謎。而這些都是很久以前的事了，這種與女人曾經親密一夜之間卻反目成仇的事。有時，在地鐵的人潮、本地超市，或走進某個等候室時，我發現自己竟會去尋找過去那些魔女的身影。她們可能就在那裡，手裡拿著一本過期的《巴黎競賽》（*Paris Match*）坐著翻閱，如荷馬筆下的惡徒，「由下朝上」斜眼睥睨著我，我必須在看到她們之前做好心理準備

現在我坐在這列橫越法蘭西島臺地的電車裡，數十年來頭一次，我再度聽見那其中一名女人的聲音，終於。就像我們剛結識時一樣，她總是咕咕噥噥的，這樣的咕噥聲，正好與電車透過某種降噪新科技所發出的絮絮聲相配。繼續咕噥吧，咕咕噥噥的女人，繼續咕噥吧。繼續絮絮叨叨吧，輕輕軟軟的絮絮叨叨，繼續吧。

第二部　第二把劍

然而那女人在報紙上毫無根據的指控，除了攻擊我之外還攻擊我的母親，一旦牽扯到其他人，那就是另外一回事了。之前我從沒見過她，在發生那件被我稱之為「罪行」的事情後，我依舊未與她見面。今天是時候了：是的，與她面對面！當時，文章旁邊雖然有附上她的照片，我對她的臉卻還是沒有任何印象。或許是因為我把她看作是那些在公共空間裡多到數不清的女人之一。至於細節，每個人都可以有自己的想法。在那篇文章前，她對我來說是個沒有臉孔的人，讀過那篇文章之後也一樣。與其說是讀，不如說是掃過去，一眼掃盡整張版面；直到我拿下眼鏡，作者大頭照上的五官糊成一團時，我才在根本無法確定的狀況下突然想起這個人可能是誰。

今天這個日子裡，她依舊是個沒有臉孔的人，就算是到了當我站在她面前的那一刻，與她平視時，也將會是隔著適當距離的。這距離在我想像中是奇數：九步、七步、五步、三步……就是現在！

我其實很早就知道她的地址了。在她犯下那件惡行的幾年後，她寫了一封信給我。我幾乎沒辦法說出這封信的大意是什麼，更別提內容了，如果真有所謂內容的話。無論如何，裡頭隻字不提曾抨擊過我的事，雖然我並不怎麼在乎，更不可能因此受傷，最重要的是，她竟一字未提自己曾用那種完全不經意似地，彷彿附帶一提的詆毀方式，追念我最最聖潔的母親（是的，這個詞前面用過了，但不管重複幾次都不嫌多）。坐在電車上，我試圖回想起這封信，一封可能從我的角度來看，與預期完全相反的信。我覺得（「我認為」）這信好像是以一種迂迴客氣的方式邀請我參加一場毫無惡意的公開辯論，以遠距用文字發聲，還有她也提到，她「私底下」（信裡或許用了別的字眼）「有時」（是這個詞嗎？）也「支持」（就是這兩個字）我的看法。

這女人的來信唯一讓人意外的是，她竟不是用電腦或者其他方式把信印出來的，而是用手寫，她的字跡表明了她是位手寫者。正是親手書寫，使得這封信的內容更是模糊不清，因為信裡不少字詞，特別是在句尾，字跡總是潦草到無從辨識。收信當時所讀到的內容，也不會比今天能夠回想起來的還多。當然（或者也不真的那麼理所當然），這不是我無法回信給她的唯一理由，不過也算其中之一。至於去辨別它是「女人或男人的字跡」，因而耽誤了回信——這就完全算不上理由了，是男或女毫無區別。我從未看過如此凌亂的字母，一個小到無法辨認的字母跟著一個反向歪斜大到同樣無法辨認的字母，或者順序顛倒過來。就連一個手拙的孩子，雙手顫抖的老人，甚至是垂死的人，都不會寫出這麼潦草的字跡。唯一可能的例外是盲人試圖寫字。即便如此，也無法與之相比。

現在我正在通往她家的路上，或者說往她家的其中一條路上，畢竟還有很多條路可以走。我將一紙發黃的信封放在我胸前口袋裡，那背面以「粗體」或「細體」的印刷字樣標示著她的姓名地址：這女人與我，幾十年來都住在同一個法蘭西島區，只是方向不同。我們皆住在所謂「La Grande Couronne」內，也就是「大皇冠」的區域。在我剛出門時，尤其是往著電車站走的那一段路上，我一直感覺受到監視，被她所監視，那個作惡的女人。而現在，從搭上電車到她家這段路之間，監視的感覺消失了。我繼續想著我所想的事，如此而已，再多就沒有了。

這也是因為當時我是眾多電車乘客中的一位，一站過一站，我知道自己是他們之中的一分子，因此他們也就變成了我們。我們一同搭車越過臺地，或迂迴，或繞大彎，直線前進，熟悉自在。同時我又想起托爾斯泰，不再是那個帶著向世界訣別的眼神，走向最後旅程的虛弱身影，而是那個帶著頭盔，強壯，絕不低頭的托爾斯泰，我希望（不抱任何實現的希望，很好！）自己也能像他一樣。

在這一小時內（或許還要更久）我還不需要頭盔，那頂托爾斯泰的頭盔。可是，車廂裡坐在對面的那女人是怎麼了？突然跳起來找一個離我老遠的位置坐下？是的，我惹她生氣了，雖然不是因為我盯著她看而生氣，恰好相反，正是因為這整段路上我都忽略她的存在，直到她突然暴走才又注意到她；接著我又發現，她又一次跳起來坐得更遠；我不是她眼中唯一一名瞎了眼的乘客。

車上其他乘客，在每一站都有變化，有些跟我一樣一直留在這列行駛在臺地上的電車上，不管哪種乘客，我知道自己處在友善的人群中。此外，還蠻奇怪的（或許也沒那麼奇怪），從起站至終站，我眼前的幾位面孔幾乎是一樣的。或者這只是我的自以為是？（別再問問題了，至少別問這種問題）我們每個人都默默地各忙各的，其中不少人不過是做做樣子，或者他們也不知道自己在做什麼。一個看似沉浸在書裡，但其實那書在膝上根本上下顛倒，只有嘴唇如閱讀似地顫動著。另一個低聲地對著手機碎碎細語，似乎未發現手機機身從上到下都綑著膠帶，看起來壞了很久，根本不能用了。很好也很對。莫要干涉。

我們這一車廂的乘客，嘴唇多少都是無聲地動著，各有各的方式，各有各的意義。比如那名厚唇的非洲人，經常突然停住抬起頭，看向窗外，再一次上下唇彼此靠攏，並不接觸，就算接觸了，也是輕輕柔柔地，不可能有什麼動作比這個再更輕柔了；那景況就好像他始終沒有疑問，不期待答案，甚至對「答案」以及「回答」的文字或事實一無所知：他正祈禱著。

坐在他後面（或該說前面？）的男人雙臂不斷伸直又縮回，看起來像正在划槳。他的嘴唇誇張地一張一合，在滔滔不絕的無聲中插入同樣快節奏的剎那、暫停，停頓時總是咧嘴大笑，依然是無聲的，完全靜音。直到再次伸直、縮回、張口，嘴唇撅起、抿住、翹起、咬緊，同時搖頭、點頭，再更激烈地搖頭點頭：他在詛咒某個人；他在詛咒女人，他的愛，他的最愛。

坐在這人旁邊的男人，以及旁邊的旁邊的男人，幾乎是一致地張嘴，無聲地張著嘴巴，又無聲地閉上，張大又閉上，如一場無聲的嘴唇合唱：他們正以這種方式嘲弄老闆及上司。在剛受到（或一直忍受著）上司們的欺壓與侮辱，說他們無用、沒種、糊里糊塗、不知變通（在現在這種時代），是天生的失敗者、自母胎裡就直不起身來，其中一名甚至一小時前才剛被解雇：他們全都以嘴唇無聲顫動，以開合的方式展現嘲弄。整節車廂，從前面、中間到最最最遠處的後面，可想而知連下一節車廂也是，都在嘲弄著那些否定他們存在價值的人。他們嘲弄這些劊子手的方式不僅無聲，連音節或字詞都無，且將這樣持續下去，永遠保持著。這些如痙攣般顫動、任其自動開合的嘴唇，沒有任何聲音，只有同樣是可憐蟲的人才可能察覺，永遠無法形成或吐出任何有用的字眼，或任何隻字片語；關於生命的隻字片語。「你從哪知道這些事？」「我知道，我就是知道。」

偶爾，冷不防地還是會有那麼一聲吼叫打破車廂的沉默，出聲者會倉皇地四處張望，一邊想著：「但願剛才沒人聽到我的聲音。」還有個新發現，不只男人會抖腳，女人也會，而且還不少。無論男女，彷彿彼此都正抖動著（不，不是「彷彿」）。然後，這些人全部，包括我在內，都像古人所說的：「髮少不勝梳」。

電車裡坐了不少孩子。我的孩子早像人們所說的那樣「離家」了，並已長大成人。不過那些呼喚父母的聲音，像是經過擴音器似的（或許至少在這趟車上），每一聲都像是對著我，也只對著我呼喚。我是父親，是那個陌生孩子的父親，他叫我叫得多急切呀，每回都令我的心揪成一團。

電車裡其中一個小孩從遠處不斷打量我。他尋找著我的目光，並非感到好奇或受到吸引，而是一下看我，一下眼神又飛快別開，一種新鮮的眼神遊戲。除了這孩子之外，這遊戲還帶著某種意義，使我覺得有跟著玩的義務。在我中年時，我特別喜歡跟陌生孩子玩這遊戲，這是一種對決的遊戲，儘管是用「不確定式決斷」（Entscheidung unbestimmt）的方式進行。以前我每次都贏，這次我輸了。不知為何，這孩子的眼神突然陰鬱且輕蔑起來。這是一個很小，連話都還不會說的孩子所能表現出來的陰鬱與輕蔑，就在瞬間，他也將眼神從我身上移開，頭也不回地不再理會我了。我可以對著他微笑直到永遠，但和解是不可能的。沒錯，這孩子一路上一直在懷疑我，就在那一眼中他確認了對我的懷疑，我被揭穿了，被一個一歲大的孩子！

啊！不過這裡還有個孩子，一個大一點的孩子，他前面攤著一本筆記本，正在偷偷地畫我，一隻手擋著不讓人家看。他居然在畫畫！而且只畫我！從沒有孩子畫過我！從他畫線及不斷抬起頭張望的動作來看，他應該是很認真地將想法化成行動；很明顯，這孩子想從我身上找出什麼來著。我，他的靜坐模特兒，而他就快找到他想找的東西了。

還有一個女孩子，幾乎快是個大人了，卻還很孩子氣。她這個孩子，這個很年輕的女孩，正出神地看著對面座位上的另一個小小孩，昨天或是今天早上才剛開始學走路，只會走兩步。這小小孩在他父親的大腿上，不情願地抗拒著大人的幫忙，試圖要繼續往前走。在第三步暫停了很久之後，最後他搖搖晃晃地，跌進了男人張大的手臂中，邁出第四步。大人鼓掌伴隨著孩子發出快樂的歡呼聲，鼓掌的大人可不只一個，這樣的場景並不算罕見，在行駛中的電車裡卻顯得意外。

至於我倒是比較注意那個與我面對面的女孩。她和這車廂裡的任何人都無關，與父親及小小孩這兩人也無關。她獨自搭車，第一次搭上這條橫跨法蘭西島的新電車線。這裡不是她的地方，也不是她的國家。她只是陌生人。不過在她昨天，不，今天早上才離開的國家，她必也活得像是個陌生人，當她還是個很小很小的孩子時，就已經是個陌生人了，家人眼中的陌生女孩。這不是誰的錯，不是母親不是父親不是那個地方不是那個國家的錯——是的，就連國家或國家政體都沒錯。不過，還是有個差別。她這個女孩子在那裡時純粹就只是個「陌生人」，再多就沒有了。而在這裡，她是某個人，某個友善的陌生人。

我從未見過如此柔順的陌生。就連在那些不知名，不再懷有任何希望的人身上（無論老或不老），或者在這個或那個據說是名人身上，就算他們處於垂死邊緣時，都一樣未曾見過。而在這個仍是孩子的少女身上，這個柔順的陌生人哪：她不帶任何希望的火花，不是對命運低頭，更不是「期待死亡」。她，這個孩子，因另一個孩子而散發出一種光采，並非從眼睛或面容散發出來，而是從全身，從她的「肉體」中散發出來；從肩膀、肚子，還有放在大腿上的雙手。我想到母親曾和我說過她小時候村裡孩子很喜歡玩辦家家酒，特別是一個有說話障礙的笨女孩，每一次在分配角色前（其實大家根本不會讓她跟著一起玩），她總會從村裡那棵櫻桃樹下傳出吼叫：「窩當母七！」（我當母親！）

不對吧。那名陌生女孩所散放出的光采，顯然不是對著另一個孩子的，而是一種隱約且沉靜的自我散放方式，和愚蠢一點關係都沒有。或者有，那也是一樣的。這類愚蠢的女人啊，總是存在！

終點站。站名：不重要。法蘭西島的某地。巴黎下方塞納河谷的深處。從那裡要再繼續往下可以搭地鐵或巴士。若要往其他方向就只有搭巴士了。我親愛的同車乘客幾乎頃刻間就全消失在我眼前。這與那的男人，還有這與那的女人，都吸引著我跟著他們走，這跟隨多少顯得有點偷偷摸摸。並沒什麼特別原因，除了或許想知道這些人是要往哪去，轉車或走路，要回家或者不是。這些年來，這幾乎成了我的運動方式。跟蹤某個陌生人，不單是出於好奇，也是因為一種突如其來的靈感，以及（這是最關鍵的！）某種責任感，從地鐵這一線換到另一線，從市區巴士換到郊區巴士再換到長途巴士，每每要花上幾個小時或是整整半天，期間沒發生什麼事或任何衝突，記憶也是如此。這些記憶，往往準備就緒，隨時都能在心底默默地重敘一遍，而這麼做可不是為了消磨時間。

眼前想跟著走的對象很多，我得趕緊做出決定，他們每個人都朝著不同的方向前進。然而最後我決定置之不理，將平常因「未盡責」而產生的罪惡感也拋之腦後。之前那趟電車之旅竟能令我如此飄飄然。

至於另一個責任，那個驅使我離家上路，那個更要緊同時也更天地難容的責任？即使我現在行進的方向，與文字侮辱母親的犯罪現場方向並非完全相反，卻也不是什麼完全正確的方向，至少會繞一些路。我原本計畫終點站下車後，換上ＸＯＸ（三位數）巴士線直接抵達目的地。（想到此，我突然，誰知道為什麼，記起本地農民曾說過：五月清晨用鐮刀在溪邊割下被露水沾濕的草，「真美！」）

胡扯：我才沒盤算過什麼計畫更遑論跟著計畫走。我出門時可沒帶路線規畫表或地圖等等之類的東西。該發生的就會發生，這是我腦子裡唯一確定的念頭，這念頭也同時把我領出門。另一方面：的確，沒錯，正是；是有那麼一個計畫。有的。但這個計畫不是我的，不是我個人的，更不是我自己訂下的，根本不會是我這樣的一個人可以訂下的計畫。絕對不是！而且漸漸地，一直要到現在我才感覺，或者說，意識到有這樣的計畫存在。我也同時知道：在一開始朝著錯誤的方向前進，也是這個計畫的一部分，是這個計畫的要件之一。「錯誤的方向」——又是胡扯。我，我們等著瞧。

接下來我走了一段挺長的路。——「那你當初決定，在這一個特別的日子裡，盡量搭車的計畫呢？嗯，你的決定！」——「沒錯，嗯，我的決定，那是我向來魯莽輕率的可悲性格之一。現在它出現了，那個計畫，將我所有的決定全打亂了。」

很長一段時間，我都沒注意到自己到底朝哪個方向走，不過我實在也不在乎。接下來的一小時，陪伴著我，是一首早以為忘記了的兒歌，歌詞不斷再三重複，像是什麼至理名言：「我的帽子，有三個角／三個角在我的帽子上／如果沒有三個角／它就不會是我的帽子」。這令我想起布萊茲．帕斯卡[1]《思想錄》中的片段，關於

1 Blaise Pascal，1623-1662，法國數學家、物理學家，及基督教哲學家。

律師的「四角帽」[2]。

我穿過幾個不同的地區走了好幾條路（都在昔日村落附近），多半走在人行道上，偶爾遇到沒有人行道的路段就走在馬路邊的小徑，這種少見的情況通常是在一個地區緊連著下一個地區，中間沒有任何過渡地帶時。在我的想像中，我會一直走在車道旁，而不是像現在這樣沿著房屋轉角及繞著廣場周圍走。想像中，我會直直地走在曠野，遙遙可見兩、三處聚落，走在唯一一條省道邊上，一條如波浪般推向遠方的柏油路，不知來處亦不知去向。只要我這樣一直走下去，我及我心上掛著但不確定是誰的人，就不會發生任何事，而該對他或她所做的事，也將會自然而然地實現。此外，我還幻想，我這樣行走，尤其是這樣行走的方式，對坐在汽車裡的人就像是種模範。我這樣昂首闊步地行走在想像中的Highway

（公路）上（別反駁我的想像），可以令那些坐在四人或多人座，或汽車後視鏡前的人興起仿效之意。就算不是馬上也總會有那麼一天，在一個風和日麗的日子裡，他們也會與我一樣，毫無目標也好，有目的地也行，昂首闊步地向前走。褲管拍在腿上沙沙作響，白色的襯衫被風吹得又鼓又呼呼作聲。「真可惜，」我對自己說，「這回出來走路沒穿祖父星期日上教堂的盛裝，或是從前歐陸流浪工匠南北縱走時所穿的服飾及那頂圓帽。」

走路期間若有打量的眼光從車內落在我身上，我能真切感覺到，然而他們看著我這個行路者的眼神，就算是看到模範，也比較像是看到瘋子般的模範；從瞪視者的眼神中也完全看不出來，哪天

2 帕斯卡以律師的四角帽為例，說明外在穿著會引起對內在能力的想像。

他們也會想要走走看的興致。在某次低頭察看自己時（「繼續這樣走下去，現在千萬不要做出什麼出格的舉動！」）我發現，腳上兩隻襪子的顏色竟然不同。「那又怎樣，這也是這齣戲的一部分。穿不同顏色襪子的復仇者。」那這位大馬路邊的行路者背影又是如何呢？感覺上不太像在做白日夢：一輛小車，在超過我後於路肩停了下來，或者至少我是這麼幻想的，然後一位極老的老人從半開的車窗探出頭來，用充滿慈愛的語氣邀我上車。但非常遺憾，竟被我拒絕了，他內心的失望強烈地顯現在我眼中；這將是他最後一次為陌生人打開車門，接下來好一段時間，他不會再幫任何人的忙了。

至於我，也該結束這樣長途跋涉的行走了：「這會是最後一次！」最特別的是，就在我一邊做出「會是最後一次」決定，一邊行走的期間（「期間」的意思不是先要有頭有尾才會有「期間」

嗎？——不要吹毛求疵！——這才不是吹毛求疵）——在這樣行走的期間，我突然感到飢餓，一種恣意而強烈的，對「飢餓」而飢餓，不是具體的飢餓，也沒有特別想吃什麼，這種飢餓的存在或發端（或者隨便怎麼說），不在肚腹也不在下面任何的內臟器官裡，而是上方，在前額——別提托爾斯泰的頭盔——頭蓋骨之下，受著飢餓感的啃嚙，然而沒有任何東西能餵飽或滿足它。這迫切而含混不明的飢餓感，儘管沒有具體的目的，卻因此有了方向，就這樣一步一步地，不斷跨大步伐向前，朝著一個地方，一個明確的地方而行。

在招到一輛空計程車後（必要的話，就連直升機我也會租下來），我朝著皇港修道院區（Port-Royal des Champs）的方向前去。這棟早已空無一人、成了廢墟的修道院，和從前一樣立於法蘭西島西南邊，在狹窄且布滿樹木及泥沼的河谷旁。在這裡布萊茲．帕斯卡（在他之後還有尚．拉辛[3]）度過了他的求學生涯。從前每年五月，我都會造訪此處。

我很久沒來皇港這片曠野了。現在正值五月的第一個星期，今天這個日子正好。以前我就很喜歡這片區域，更喜歡這裡的路，非常寬敞，越過溪谷跨過臺地，大半都是往前走，有時則會倒著走，最後一次，「再一個最後一次」。這一次，我如饑似渴地想念帕斯卡的皇港。

計程車司機讓我坐進他旁邊的位置，在七拐八彎的路途中隨興聊了起來，突然間，我記起這個聲音，不假思索地，我竟喊出他的名字。他，不，應該說我們那個時候，他是還算知名的歌手，電臺常播放他唱的歌，不過不是他自己的歌，他的原創歌曲最多也只有兩、三首，甚至可能只有一首吧，他的歌多半是用法文翻唱英文藍調及抒情藍調。最熱門的歌曲，法文稱為「tubes」，是翻唱一位英國歌手的歌，當時他還很年輕。現在，上帝保佑他「Que Dieu le protège !」，他跟我們（計程車司機與乘客）一樣老了，卻仍是我們兩人心目中的英雄，一位沒有英雄式死亡的英雄：艾瑞克・伯登（Eric Burdon）。通常我對流行歌曲、一般歌曲，甚或詩詞，總是只記得一行半行（其中奧地利國歌是例外，很詭異地，我可以背出一整節）。而以往我就能（當然現在也能）背出艾瑞克・伯登的整首抒情歌〈When I Was Young（當我年輕時）〉，而當我一個人時，我甚至可以唱出來。縱使沒有那種「白人所能擁有最黑人藍調

3 Jean Racine，1639-1699，法國劇作家及文學家。

的聲音」——有人這麼說過艾瑞克・伯登。在我想像中，我的聲音是帶著斯拉夫腔的英文。此刻抵達皇港修道院區之際，車內響起的是我與從前電臺明星的合唱，一口氣三種版本：德文版、塞爾維亞文版以及法文版的〈當我年輕時〉（Als ich jung war／Kad Sam Bio Mlad／Quand j'étais jeune）。在唱到「I believed in fellow men, when I was young（當我年輕，我曾信任世人）」時，我們保留了英文原文，兩人齊聲大唱。

皇港修道院區那著名的倉庫屋頂在開滿花的七葉樹後顯露出來，我們坐在一家已重新開幕無數次（「祝它好運！」），名叫Au Chant des Oiseaux（鳥語聲中）的旅店露臺上。我與計程車司機同時開口互相邀請對方，我們是這裡唯一的客人，而且應該是這幾日以來唯一的客人——隔壁桌上菸灰缸裡的菸灰看來很久沒清了。

計程車司機並不是因為老了缺錢而轉行，錢從來不是問題，只是因為待在家裡很無聊，待在偌大的庭院裡更是無聊。早在十七世紀時，帕斯卡不就曾經將無聊比擬為死亡？其中一種最羞恥的死亡方式便是「枯萎凋零」。況且，這位前歌手原本就非常喜歡開車，喜歡當司機，在他還是樂團「團長」或「主唱」的年代，每回登臺表演他都會搶著當司機。現在更喜歡開著他的賓利（Bentley）（或是他所鍾愛的其他汽車品牌）穿梭在熟悉的地方，也就是法蘭西島大區，夜間更勝於白日。多幸福啊，開著計程車，無論有沒有客人（客人已在某處下車，在蒼茫的午夜中走向回家的最後一段路），在第一道曙光前，馳騁在空蕩蕩的馬路上，朝著埃松（Essonne）、馬恩河谷（Val-de-Marne）或瓦茲河谷（Val-d'Oise）駛去，一路渺無人煙。從蓬圖瓦茲（Pontoise）到孔夫朗——聖奧諾里娜（Conflans-Sainte-Honorine），或從莫城（Meaux）到蓋爾芒特（Guermantes），還是從比耶夫雷（Bièvres）到皇后鎮（Bourg-la-Reine）都一樣。道別時，我們擁抱對方。

皇港修道院園區是開放的，在這一大段時間裡就只有我一個訪客。而長年經驗告訴我，這裡本來就沒有太多訪客；可看的東西不多，修女及她們的學生，如帕斯卡和拉辛那個時代所留下來的修道院建築，現在在羅東河谷上不過就剩斷壁殘垣罷了。不對吧？比如那已存在好幾百年的石階，連接河谷草地的修道院及臺地上的莊園倉庫，不都一一保存下來了？每一次我走在上面，總是邊數著邊走上去，再走下來，每一次數出來的數目都不一樣。那在額頭上啃嚙著的飢餓感，在入口前依舊緊迫逼人，可是在進來後竟全數消失，怎麼會？此時此地，在他的地盤上，不正該受到帕斯卡式無聊的威脅嗎？哈，不，飢餓感仍在，且因困惑而為更劇烈。「決斷的時刻近了！」我對著空無一人的紀念公園森林大喊（或者我想像自己大喊）。「給我建議！」（事實上我不可能真的大喊出聲，否則會有回音從皇港區山坡那頭傳回。）

該去哪找答案呢？那個可給出建議或者預示未來的唯一之處，那個能讓我可說是（別再「可說是！」）整裝待發的位置在哪裡？我這般到處上上下下，左彎右拐，蛇行在這片可說是（不要再把「可說是」掛在嘴邊了！）神聖的皇港修道院風景中，又絆、又滑、又拐，還有跌倒（一屁股坐在地上或隨便什麼姿勢），卻仍到處都找不到。那邊、那裡，終於！就在那裡！

這種情形在這一生中實在太常發生了，每當我十萬火急四處尋覓，就算尚未絕望，也是瀕臨絕望（若絕望就是絕望就是「死亡」

之意——那「瀕臨」在這裡又是什麼？），我總在決定放棄尋找的前一剎那，毫無徵兆地就這樣突然找到了；僅管這並非百分之百絕對會發生，更不是什麼對世界或對存在本身的基本信賴。

這一天也是如此。就在園區內毫無風景可言的最隱密的角落，一處荒廢的空地藏於一叢繁茂的黑莓棘刺深處。在如上所述看似毫無盡頭的尋覓後，最後一次彎起膝蓋，我發現自己站在一個本該是空地，如今卻是枝蔓叢生的地方，除了一個已淤積成泥的水塘，及原本是圍堤的斷垣殘壁，什麼都沒有。這個全景，自然是我稍後才意識到的，像往常一樣，一開始我所見到的不過就是一些細節。其中一個圍堤石頭上刻有文字，看起來像是以釘子或其他順手拿來的工具所刻的，全是大寫字母。不，沒有幾百年那麼久，不過雖然沒那麼古老，卻也不像是我們這個時代的人所留下來的。這些字無須辨識便能立即讀出：今日一九四五年五月八日——勝利鐘聲響起（作者譯自法文）。

就是它，就是此處。現在我找到了我的位置，我當下的位置！我終於真正回到皇港了。「感謝回歸。」一隻烏鴉站在高高的橡樹頂端啼叫著，有如說著歡迎詞並躬身致意。一陣獨特的窸窣，從五月樹葉間響起。

我在河岸邊坐下，看著幾個沼澤般灰黑的水眼[4]，其間一條極富韻律感的水紋線從沼澤中浮出，如一段木樁的餘波，接著便看見了同沼澤般一樣灰黑，更似焦炭般墨黑的樹樁。與終戰文字有別，這一根根的樹樁像是從幾百年前的深淵伸出，如鵝卵石或打火石那

4　Wasseraugen，應指水面的小漩渦。

般堅硬，令人不禁想起威尼斯潟湖上，標示出那船行水道的木樁。於是，我決定了。那年少的布萊茲・帕斯卡，在皇港就學時就已經看著眼前這一根根木樁，當時木樁還是完整的，不像現下那樣墨黑。一九四五年五月八日，鐘聲將第三帝國終於滅亡的消息傳遍羅東河谷及法蘭西島臺地，那鐘聲是從何處傳來？只可能是下游遠處河谷上聖朗伯（Saint-Lambert）教堂的鐘。鐘響了兩次？三次？那裡的墓園葬著被視為異端的修女，那些教過帕斯卡的女教師，皆躺在一個萬人塚裡。

我的腳下有一枝飽受侵蝕的鉛筆，半截埋在爛泥裡，它的旁邊，「喔，這又是什麼？」是一根生鏽的針。（還缺那必不可少的第三件東西——讓它缺著！帕斯卡的時代就有鉛筆或筆這種東西了嗎？我決定有就是有。這筆還能寫字，我將它收了起來。那針呢？

管它有沒有生鏽：針尖還是刺的。和鉛筆收在一起，放在妥善之處。

我下意識將手伸進麻布袋翻找那本刪減版的《思想錄》節錄小書。可是這一天我不是沒帶任何與書相似的東西出門嗎？還好。我鬆了一口氣。閉上眼睛，彷彿連聲音也聽不見，除了遠處吹來的風，不是從臺地上吹來的，而是從下方深處，從早已消失了的皇港修道院河谷，是河谷吹來的風。「關上你的感官之門[5]！」——「已經關上了。」

想想，假使法官或律師沒穿上他們的四角帽及四件式法袍，就無法唬弄這個世界。只是他們無法抵擋這種排場的誘惑。實際

5 暗指赫胥黎的 *The Doors of Perception*，德文書名中文多譯為《眾妙之門》。

上，假使他們真的站在法／正義的那一方，便毋須戴上法帽，學問的成就便應賦與他們足夠的權威。而若他們的學問不過是想像出來的，這些法律專家就得借重想像一途，才能展現出他們的權威。所有權威都需要衣裝。只有國王，在他們的年代裡不需要衣裝。他們無須藉以特殊的禮服來展現他們是強人，是掌握權力的人。那位名叫路易的國王，不是第十四世，更不是第十五世；是更早更早的路易。他是國王，也是十字軍東征的戰士，穿著灰綠色的貼身襯衣像個毫不起眼的小護衛，頭上如果有戴東西的話，那就是頂說不出是什麼顏色的布帽，乍看之下與頭髮沒兩樣。或者，這帽子是那位老是頭痛的年輕路易十一的？由他所深愛的瑪格麗特．德．那瓦爾（Marguerite de Navarre）親手織給他的毛線帽？

這些古早時代的國王現在全死光了，其他像我們這樣的人就需要衣裝及想像力。是想像力而不是理性，召喚出美、幸福及正義的表相。是的，「想像／正義」，這就是此前當下的主題，我所關心的，是那編纂成文的法／正義，是否會站在我這一邊。在我的想像中，這世上沒有哪一種正義不需要暴力，因此需要刀劍權／正義（Ius gladii），來對抗那些貌似最高階，而其實是最不義之法，這不單是「我母親」這個案例而已。Summum ius, summa iniuria（法之極，即不法之極）。刀劍權——真正的正義之法！那行惡的女人，她是河對岸那些人中的一個。如果她是我們這一岸的人，懲罰她就不公平了，我也會變成行惡之人。不過我想像她是活在水另一邊的人，殺死她，無論哪種方式，就是最極致的正義。如今還有哪一個王國知道我這個人的存在呢？啊，王國的機關，不是我的。可那些，知道我這個人的王國，又是在哪裡呢？

不知不覺間，我已滑下殘存的短牆，躺在草地上。然後，我應該是睡著了。我做了個夢。這種夢在我還年輕時就不再有過了。這夢感覺是那麼真實，有如清醒般，是最清醒的真實，沒有什麼比這個再更真實的了，除了突受打擊的片刻之外。這樣的真實貫穿了整個夢境。起初的夢境，是我與母親之間一件往事的重現。就像藉由夢再一次經歷過往！就像……就像……這體驗是無比真切，以至於難以形容。在夢境中（至少在我記述這段母子間的夢境時是這麼覺得），我與母親之間的氣氛雖稱不上是親密，卻很家常平和，年少的我突然毫無來由地問母親，為什麼她不曾，不，是沒有用她自己的方式，起身反抗邪惡帝國？彼時母親還不到四十，仍是村子（必要的話也可以說是城市）中的美女。這樣一個問題其實是種無端的指責，一種可能出於捉弄，兇狠猛烈的惡意，但更重要的，是出於我無法理解的心情，以及至今猶存的憤怒。我也可以對家裡其他人提出同樣甚或更強烈的質問。然而我不知道還可以對誰，因此，我只能對著無辜的母親洩憤。她沒回答我的問題，反倒默默地扭絞雙手。然後，她哭了，一言不發，在她那自以為是的審判者前嗚咽、抽泣著。而她的抽泣，從此再也沒有停止過。

這個場景直到此刻全都如實地重現於夢中，只是在夢中我所看到的場景是電影畫面的寬幅比例，裡面沒有我，夢境的大銀幕上只有母親大特寫的鏡頭。從那一刻起，在短暫的黑畫面後，仍是母親的臉，不過變得更為巨大，幾乎是占滿整個鏡頭：這張母親的臉，不，是死去後母親的臉，是張沒有年紀的臉，可是從某方面來看，竟是從未有過地鮮活生動。這是她，我的母親，一個陌生人，恐怖的陌生人。或者倒過來說：一個恐怖的陌生人正瞪著我看，一隻眼睛瞪得大大的，另一隻眼睛則像是消失在一個大腫瘤之後，這就是我的母親。她曾經告訴我，她小時候被一隻大黃蜂螫到過，在前額雙眼之間，結果一整個星期什麼也看不見。現在這張臉的後面沒有背景，周遭一片黝黑，僅有一張慘白的臉發亮著。在另一段母親講述的童年故事裡，她為了尋找一隻走失的小牛整整花了一天一夜，最後才發現牠被困在長滿荊棘的灌木叢裡。

夢中母親的臉不再是講述者的臉，這樣的講述者，通常在訴說極其嚴肅或極其動人的家族故事時，仍不會忘記穿插些幽默的細節好引聽者發笑，接著母親也會跟著笑，帶著一點忸怩及敘述者的自豪。「講述傳播——播種」：至此，這個夢告訴我，一切都結束了。夢中的那張臉，是一張（播下）復仇（種子）者的臉。這張臉吶喊著，即便整場夢裡她都沒吐出半個字，只用那隻眼睛就使我燃起我熊熊烈火，她要求復仇。

母親生前，且是在尚未陷入憂鬱之前，我總是毫無來由地替她感到恐懼。但現在我頭一回對她產生恐懼。這復仇是對著我（她的兒子）而來。是我，單單我一個人得挑起復仇的重責大任。復仇行動業已展開。這張臉從漆黑中乍然驚現，沒有淚水，或永不停歇的抽泣，這便是復仇行動了。何故？又是一個清醒後才會問的笨問題。夢中一切都如黑白分明般清晰銳利：這個女人的復仇無須任何理由。事情發生，就是發生了。

而這樣一個夢境，只有一張肅穆的臉無語地表達想表達的意思，做夢的人除了趕緊醒過來之外，實在也別無選擇。趕緊逃離這個充滿歷史遺跡的地方吧，逃離那塊七十多年前刻鑿下來的石頭，上面關於終戰鐘聲的新近的歷史字跡，逃離歷史朝著當下走去，也就是說，特別朝著布萊茲．帕斯卡的當下走。到博物館他的房間裡？不，越過樹根跨過石塊，朝著倉庫屋頂走去。

在恣意綻放的接骨木花下我發現了一條長凳；背後是那間轉成了戲劇及音樂表演場所的倉庫。這裡雖能俯望河谷，卻看不到修道院、教堂及鴿塔；坐在長凳上，五月茂密的樹葉遮蔽了全部建築，連山坡上百餘階石梯都消失不見，觸目所及全是自然之景。本該如此。調回視線往眼前近處看去，大約伸手指尖之遠，白色接骨木花因午後微風上下左右溫柔地擺動著，往上朝著眼前這座自然之塔的尖端看向天際。覲見時間。沉默等候。接著，是時候了。

真的，朋友，我告訴你：上一世紀曾出現世界末日，而且一連好幾次的世界末日。在此之前每個人類的世紀也都出現過相同的末日經歷，只不過方式不一樣。

不過別再提這些或那些世界末日了，回到我的中心詞彙之一：「想像」，只是我現在要用另一個詞「表象」來替換。這詞在德文裡有多重意義，有正面的，但更多是負面的涵意；而我卻只在意那唯一的正面意義。就是，聽著！特別是，聽好了！能賦予「表象」這個詞彙意義的，是它那不可或缺的附加意義，所謂表象就是以附加意義為主的表象。換句話說，「亮光」？「閃耀」？「閃爍」？「光環」？「榮耀」，天上？人間？——我是認真的，朋友，你也該認真點，如你所能的那樣認真——特別是你。因為我們兩人的認真應是這段關於表象文字中附加的一部分。也就是說：表象，我口中的表象，是無法被任何字詞取代的表象。表象不是「想像」，也無法被「想像力」從虛空中召喚出來。表象，獨獨本身就是一種物質；是質料、元素，質料之質料。表象這種物質是無從探究，任何科學都無法研究它，也無法以數學方式測量它的長寬高以及容積。數學，最精明的學科，同時也最荒謬——卻是我，我最初的……是了，研究能研究的，無從研究的就心存敬意保持緘默。——美之玄妙的表象？——切勿提「美」！連講都不要講這個字，終結所有美的話題，無論在括號裡面或外面。美本身並不是恐怖的開端，而是之後的尋尋覓覓，那種屏氣凝神，全神貫注地傾聽，那種對美的貪婪，以及占有的慾望才是。再沒有比追求美更錯誤的慾望了！這世界所有的苦難都源自於人類沒有能力忘記美的虛假神話。所有的美都是無聊單調有如不毛之地。與之相反的，是如泉源如小溪如江河如海洋的表象！汪洋大海的表象。失去表象，將只剩我與我的一無所知。表象，生命。我們全都上船。Nous sommes embarqués[6]！——不過你不是從在皇港的童年起，便想盡辦法讓自己「什麼都不是」、「一無所知」，當個「弱者」嗎？你還記得吧，「在寫下內心所想時，有時會忘記某些想法，但這也提醒我面對自己的弱點，就是健忘。健忘本身及忘記了的想法，對我來說都是一種教訓，因為我所在乎的，就是看清自己的一無所知。」——欸，看哪：天邊那朵白雲，就像普桑[7]畫裡的雲，上帝在創造伊甸園時俯臥於上的那朵雲。遠方天際還有其他五月雲的痕跡，真的再潔白不過，在天上有如一大片農地，耙地的痕跡仍然新鮮。現代農業中還有使用滾耙嗎？用牛、馬還是曳引機來拉？——還有吧……

6 語出帕斯卡《思想錄》。

7 Poussin，Nicolas Poussin，1594-1665，法國畫家。

很湊巧的，我竟在此時遇到皇港修道院的第二位訪客，一位我從未想過會在此地遇見的人。就像火車站響起的廣播那樣突然，從上方驀地傳來陌生的聲音，而這聲音與廣播相比自然更加輕柔私密，這聲音問道：「我能坐在你旁邊嗎？」我抬起頭，發現極近處站著一個熟悉的身影，他安靜沒有出聲，彷彿就一直站在那裡似的。接著，他往後退了一步，方便我打量他，直到我終於認出他來。

這個人與我住在同一區，不是鄰居，而是隔著幾條小路之外。儘管如此我常見到他，通常只是遠遠看見，他常在傍晚時分走出火車站，朝著不管是房子或公寓的家走去，而我則坐在「三站酒吧」的露臺準備結束這一天（或才正準備開始）。走過廣場的他一路昂首闊步地直線前進，一副目中無人無物的模樣，每回見到他我都會想：「又一個高貴人士」。從酒吧老闆那裡（他認識這地區的每一個人）我得知這人是個法官，刑事法官，在凡爾賽附近的法庭上班，負責瑣碎的小案件。若在從前他的職稱大概會是「簡易庭法官」或是「警察法官」。我們也曾在路上偶然交錯而相互打過照面，或者應該說是我故意堵他的路，逼得他不得不看見我，而他總是以「這人是想幹嘛？」的眼神飛快瞄我一眼，就像某次我背著母親故意擋住弟弟的路，他以「你要幹嘛？」的輕蔑眼神將我晾在一邊。

毫無疑問，這位此時自然地坐在我身旁，位於盛放著的接骨木花叢下的人，與我在家附近遇到，有時真想踢他一腳的人，是同一人。他很驚訝，竟然會在皇港修道院這麼偏僻的角落遇到我，我也很驚訝。我既驚訝又高興，他也一樣。

接下來多半是他在說話。他是騎腳踏車過來的，每週末他都會花一天的時間來回騎一趟。他的穿著打扮也是我一開始沒認出他的原因，並不是運動服，而是老舊的西裝，一隻褲管上還夾著褲管夾忘記拔下。這位法官特別欣賞皇港倉庫的磚瓦屋頂，那閃爍的橙黃色亮光怎麼看都看不膩，他小時候可以坐在存放磚瓦的大坑邊上好幾個小時，以前他常常從上往下看，現在則是倒過來，朝著高處的皇港屋頂看。為了退休後的生活打算，他在附近的布洛耶（Buloyer）村買了棟小房子，從頂樓的窗戶往西看出去，可以看到皇港倉庫的屋頂。除此之外，這裡也是全法蘭西島野菇長得最繁盛的區域，只是今天他沒什麼特別收穫，這時節對羊肚菌來說也晚了，而對香杏麗蘑這種特殊、不帶任何菇味，單純就是「爽口」，且還有醫學證明能強化心臟血管的這種磨菇來說，還太早了一點。

說著他將自己那頂幾乎全空的圓帽給我看，為了回報，我也將楓樹下陰暗處冒出的一叢純白多頭蘑菇指給他看，他馬上認出這正是他讚不絕口的香杏麗蘑，我也這麼認為。其實我早就看到了，可是在這一天，我若做出平常做的蠢事，就違反了我與自己所立下的約定。

將寶貝採收到帽子裡後，法官又坐回我的身旁，接下來他所講的話，多半是跟自己說的。我在他眼裡彷彿並不存在，但這與我們在站前廣場上相遇的情況完全不同：「我真是討厭判刑。法官不是人當的。根本就是自大傲慢。相較之下惡魔路西法還真是光之使者[8]。不我再也不要當法官了。地獄有一層是專為我們這些法官所設。不

8　路西法（Lucifer）原是金星之拉丁文名，字面之意為光之使者，西歐基督教化後，才漸與魔鬼之名連結起來。

過，在所有法律訂定的刑罰裡，有一項罪刑，就獨獨這一罪刑，是我至今仍堅信不疑，並可立即做出裁判的，特別是在今日，這項刑罰具有相當的必要性與急迫性，是嚇阻的好方法。那就是對於濫用權利者的懲罰，犯下這種罪行的人，幾乎不會再被追究責任，更不用說被懲罰了。然而我認為，今日在所有違法或不法的人中，濫用自身權利的人不僅是最多的，這些人還自以為擁有這樣的權利繼續如此對待他人，日復一日，毫無依據——這就是權利濫用！不存在任何必要性，也不具任何意義，就只是隨自己的意在別人身上行使個人權利。這些濫用權利的人，他們對別人，他們的受害者，做出一件又一件的惡行，帶來一場又一場的痛苦，行著一次又一次的不義之事。濫用權利已經像是宗教一樣，邪惡，可能也是最終的宗教：對著別人擺弄並誇大自身權利已變成是一種存在證明。高舉我的權利當成武器四處攻擊他人，所以我存在。也只有這樣才算存在。這些犯下濫用權利卻逍遙法外違法者就是這樣，他們只有這麼做才能感受到自己的存在。違反法律？根本就是摧毀法律！而且摧毀的還不只一條法律。應該專門設立監獄囚禁這些現代的犯罪者，然後看看會發生什麼事，每一個關在裡面的犯人，從早到晚高舉著自身的權利使盡心機互鬥，嗨嗨！——濫用權利；唯一不該有追訴期限制也不容輕判的罪行！但不只是在這些事情上社會不再存在，一般協議也不會再有，更別提什麼volonté générale（公共意志）[9]了。或許從來沒有這種東西，但這個詞早就有了自己的生命，在我們之間作用、發酵且凌駕於上。不再有社會。而人們或許因此迎來

9 盧梭民主理論中的重要概念。

大解放。」

漸漸地，法官安靜下來，不過從他嘴唇顫動的頻率來看，他的法律闡釋應仍在內心繼續進行。最後他以手掌邊緣敲了敲長凳，就像中斷樂團排練的敲擊指令，看著我微笑，滿臉的笑意。這是因為開了個成功的，很具個人色彩的玩笑，或者因講出心底話而感到暢快？不知道。可能是這樣也可能是那樣，我們繼續並排坐了一陣子，他回頭仰望著倉庫屋頂，我則面對著眼前片片花瓣飄落的接骨木花。我們不再交談，而因我們此時同處於此地，不期而然地相遇，使得我們兩人之間出現了某種聯繫，這種聯繫應會持續一段時間。

這一瞬間我突發奇想：如果，那位中傷我母親的女人，也在世界的這個角落意外與我相遇，是否可能與現在的狀況相提並論？彼此接近、諒解？不會吧！絕對不可能，永遠不可能。這裡不能出現任何報復行動，不能在這裡。此處是禁忌之地，是庇護之地，不單單因為這裡是皇港修道院，更因為如果我與那女人在此相遇，只能是毫無計畫地面對面。

說「再見」時我想讓法官驚奇一下，便拿起一段空心的蒲公英草莖吹了起來，就像小時候在村子裡玩耍那樣，我吹著草莖發出了一聲長長的低音、嗡嗡作響。可是到頭來目瞪口呆的還是我。法官見狀馬上折了好幾段類似的莖幹，粗細不一，將它們綁起來，放在嘴唇邊，然後，看哪，不，聽哪，發出來的聲音就像是多音複合哨聲，帶著風笛的音色。不，這裡不可用德文風笛一詞，而該用法文cornemuse，其音調如牛角喇叭：好一陣子我都覺得（或者我這麼決定），這樣的樂聲是我在這世上從未聽過的。

最後開口的仍是法官，他帶著吹奏樂器後特有的柔軟聲調說道：「不過，還是讓我們喊聲法律萬歲吧！是的，將法律視作一種娛樂吧，一種特殊的存在，以兒童眼光來看待。他們不判斷是非，只是決定。第四權。但，誰來行使呢？」停了半晌，他又繼續：「你瞧，倉庫屋頂磚瓦排列出來的圖案就像是另類世界地圖！」又停了半晌，這回他直視著我，彷彿看透一切：「你已決定要去做一件事，願我的祝福與你同在。」

最後的最後，法官甚至開始口吃，這使得我對他更加信任，我對所有說話結巴的人都是如此。他說的只有其中一句勉強聽得懂，句子是：「我是個孤兒！」（「Je suis un orphelin !」）

離開皇港區後我又倒著走了一小段，我突然很想對著樹叢後透出來的光許下承諾，要承諾什麼呢？我不知道。

我走在森林邊的小徑，朝著村落方向走到巴士站牌，突然莫名地感覺到時間緊迫。每一天，我都要面對這種緊迫感，那感受往往毫無來由，從背後突如襲來。通常它輕輕撞我一下就馬上還我自由，被理智這種類似對抗法術的東西給變不見。今天也一樣，只是當我以「到晚上還有很多時間，更何況現在五月天黑較晚」的念頭來對抗時，緊迫感並未消失，它集中在喉嚨之處。這回情況特殊，時間緊迫竟有如呼吸困難，設法以理智平息是沒用的，那樣的緊迫已被我用幻覺召喚了出來，尤其是當我想像自己正朝著東方走進幽暗深淵。

如同往常一樣，今日突發而來的時間緊迫感，也是在臨近傍晚，感受到漫長、似乎永無止境的那一刻時發作，發作後總會有一段或長或短的時間不想見任何人，即便這種壓迫或緊張很快就變得之意），每次間歇發作、短暫、不欲見人的毛病，突然間毫無道理無關緊要。這回情況也是如此。不過我這如慢性病似的（正如字面地倉促了起來，在匆忙趕到巴士站的路上更轉為劇烈的仇世之情。一種與全人類為敵的恨意，以理智來對抗這種仇恨又再度失敗，一路上每走兩、三步路便低聲對自己耳提面命：這種想殺人的慾望很快就會退去，只要讓我遇見一個有血有肉的人，管他是怎樣的血與肉，邪惡也好，只要是遇見一個真實的人，那慾念便馬上就會消退，轉變成一般下午常出現的那種不想見人的毛病，看到人立刻避開視線，低頭或是轉而望向別處。「待會一遇到路人，就算他正帶著三隻比特犬遛狗，你也會默默地對心底的恨意感到慚愧。」

整段路上深受時間壓力的我，一個人都沒遇到。我卻感覺很好。我對自己不受控制的怒意及對人類的敵意正好感到滿意。更重要的是，時間緊迫的壓力也因此而消失了。附近森林裡一定有座射箭場，因為樹叢後面斷斷續續地傳來了低沉的擊靶聲。飛箭咻咻地擊中箭靶彼此產生共鳴，沒射中時就安靜了許多。十字弓的聲音顯得短促，擊中箭靶時聲音也更顯低沉。是誰在那裡射箭？是我，我、我，還是我。還有路邊那把孩子玩的彈弓，雖然已沒什麼彈性了，但也是我的。裝一條新的橡皮筋上去！可惜，非常可惜，這段仇世之路竟如此短暫，不到十二箭之射程，或者不超過二十四投石之距離。

當我愈是不可一世地自詡為全人類的死敵，我的心情愈感到是不安。一種對世界現況一無所知的忐忑升起。事實上，這不並只是因為從清晨到現在我幾乎一整天不聞世事而良心不安，更是因為我故意忽視所有消息，這除了是失責外還是一種罪惡，嚴重的罪惡。為什麼我對當今世界各地的災難、屠殺及暗殺事件皆麻木不仁？萬一，這個世界已不存在了呢？此時此地僅是剩下來的一個殘影？看哪：路口旁整個巴士站為歐盟議會選舉設置的廣告看板有半個村子那麼長，卻沒有半張選舉海報，整面看板都是空的！不過，看那裡，櫻桃樹下人行道上有隻德文稱為「五月甲蟲」的鰓金龜，差不多和大拇指一樣大，硬殼側邊有淺色的鋸齒狀花紋，牠死了，凍死在五月的夜裡。還有那裡：又一隻，那一隻還在爬，還活著！五月甲蟲並不像人們說的那樣全死光了。大新聞！好消息！

我在法蘭西島某個村子外的省道旁，無窗的水泥候車亭裡等車。一對年輕的戀人沉默地站在那裡，男人垂著手，女人則站在男人前一小步，幾乎沒什麼肢體接觸，除了女人會不斷抬起一隻手，五指從男人的背部由上至下地輕劃過。這種肢體動作對我來說很是新奇，無論如何無法稱之為撫摸。但或者這也可以算是，當我在帕斯卡式的與世隔絕中睡著並做著夢時，這種撫摸方式也許已在世上生根，且不只侷限於西方世界。然而在皇港的這一日，竟讓我生出歲月悠長的感受。

那對戀人離開，看也沒看我一眼。也許兩人從頭到尾都不知道我的存在。他們不是在等巴士。難道這巴士站已廢棄，多年前我知道的那班巴士也停開了？不，那裡還貼了一張最新的公車時刻表，週末也一樣適用。

剛剛才覺得時間緊迫，現在的我卻又有漫漫長日的感受。我猜是因為眼前沒人將我看在眼裡。省道上的單車騎士，特別是成群結隊的騎士，往往穿著專業車衣，戴著安全帽，並忙著以大過車輪嗡嗡聲的音量互相喊話。臨近傍晚的路上原本就沒什麼車，自然也沒人看我或瞄我一眼。坐在車子裡面的人眼裡可能只有路吧，而如果車子變多的話，便會將其他車子裡的人看進眼裡。不過我自認為自己看起來應該是很顯眼的，穿著三件式藍黑色的迪奧西裝，頭戴義大利經典博爾薩利諾（Borsalino）寬邊帽，帽緣插著鷹毛，還戴著墨鏡，一個人坐在候車亭破破爛爛的長凳上。

我走出候車亭站在馬路邊，並未期待自己被天劈下的一道閃電打中。可是在那一剎那間，我的確對此有了心理準備，想證明自身存在的慾望竟如此強烈。因此，我在一排路緣石中找了一塊最大最厚的坐下，這塊路緣石歪歪斜斜的，旁邊還高高地圍了一圈特別刺人的咬人貓。我徒手拔掉一些，故意讓自己被咬（剛被咬時感覺還不錯），這才發現這石頭不像其他塊一樣是水泥做的，而是花崗岩，這可不是今天或昨天才打磨出來的王者之冠。我仔細地順著長滿青苔的石頭邊緣清著，先是用指甲，然後用那把我總是帶在身上、不到中指長的阿拉伯匕首，其間雙腿反覆地張開又併攏，以便將眼光（無論是什麼樣的眼光），有如拉開布幕一樣，引導至眼前的現象上：「看哪，看，一塊出自國王時期的路緣石，以及本日最白痴，坐在上面像是坐在自己座位上，還有，看這個跑錯地方的人坐在這塊國王石上，屁股一動都不動卻還能跳舞；看他在我們從前的國王大道路邊怎麼跳他那好幾百年都不流行了的坐舞，而且還是在他寶座的尖角上！」

只是，仍然沒人注意，沒人看我在做什麼或看我是誰還是什麼的。就算會被唾棄鄙視也總比被忽視好。每個人都只關心自己，不只坐在車子裡的人是如此，就連那一團健行隊伍也是，他們是所謂的個人化隊伍，有老有少，有人拿手杖有人沒拿，歡快地彼此應答著，他們的眼睛連都不眨一下就從我這個坐在路緣石上的人旁邊經過；還有兩、三個單獨健行者也一樣，邊走邊盯著健行地圖看。

我其實是有責任在身的。他們所有人，不管是車裡的人或者路上行人都一樣，在這片法蘭西島的天空下，他們再再驅策我將他們開車或走路的樣子看進眼裡，甚至不只法蘭西島而已。我未能做到，漏失一個，又一個。一名極年輕的男人，從亮晃晃的西邊拖著一個沒輪子的大箱子朝著我走來，彷彿來自遠方。因背著光，要一直等他走到我身邊，幾乎與我擦身而過時，我才看清楚他的臉；但他仍然忽視我，不是故意的，對他來說或許我根本不存在。那是一張極年輕的臉，同時也是一張來自過去的臉（多奇怪呀）。我將眼神從他身上移開轉而看向天際，他也在那裡，那個幾乎還是個孩子的年輕人，有張來自過去的臉，與發動十字軍東征的路易同一個時代，或者是帕西法爾（Parzival），在不屬於任何一處的天空下走著。

接著我看著他，看著他的後腦杓與頸背，仔細打量：上一次出現這樣一個人走在這樣一片天空底下是什麼時候？我應該再多看一會兒的，在這片天空底下那些坐在車子裡，或走、或站、或坐、或躺的人，直到天黑，直到深夜。

等車期間，從村子裡（或者應該說從村子的某一個院子）不斷發出各種只有在宴會時才會出現的聲音，一路傳到省道上。我心想：「這時間對宴會來說還太早了，至少對我而言如此。別拿你們的五月派對來煩我。我的宴會將會是復仇之宴，要在復仇榮光下舉行，目前還得等待，直到晚間，直至深夜！」

可是現在我卻希望有個人會從宴會裡出來，走向站在帝王般路緣石旁的我，邀請我參加宴會。我是這麼希望著，雖然我已決定今天不能依循希望來過日子。宴會人群中，有一女人的笑聲特別吸引我的注意。一下歡快，一下譏諷訕笑，有時甚至顯得自大，同時帶著絕望。那絕望是對著所有人，所有圍在她身邊的人，尤其是對著自己，像我母親的笑聲。——瀕臨絕望的笑聲同時是宴會裡的笑聲？——是這樣沒錯，就是這樣。——在過去的幾十年間總是追著母親這具幽靈走。

終於，巴士遠遠地閃著大燈而來，像是專為我一個人開的。這一整天，我只看到幾乎全空的巴士，不過現在我一上車便看見了乘客，大部分是陌生的臉孔，外來族群的比例高得無法想像，對我而言是令人顫慄的熟悉。難道這是專載農業移工的巴士？像我在西班牙時所見到的，擠滿了*labradores*（農業移工）的那一輛？霎時，我的鼻子全是洋蔥、柳橙及玉米的香氣，最濃烈的則是新鮮芫荽的味道。

且慢；這些圓圓闊闊、彼此相似的面容並不是農業移工的臉。只有他們之間最老的那一位可能是，很久以前在安達魯西亞（Andalucía）或者在羅馬尼亞時。但不管怎麼說，車上這些乘客仍全是*labradores*（農業移工）的孩子及孫子，無論是從西班牙來的，北非來的，或是巴爾幹半島來的。只是他們早已不在異國工作，甚至可能對土地及農務毫無概念。他們自出生起便住在法蘭西島臺地，長大成為店員、餐廳侍者、家務助理、寵物美容師或成衣熨燙工，傍晚的巴士載著下班的他們回到公寓住處，通常位在人口稀疏的新村落裡。

隨著一站過一站，下車的人也愈來愈多，我對乘客的印象也從村民，特別是村婦，變成假日出遊的人；這些人其實也不是不可能來自我從前住過的村子。車子一站停過一站愈來愈空後，剩下的面孔也顯得大為不同，看不出身分，也看不出年紀。剩餘的幾位乘客都拿著東西看，看書的只有一個，其他人則全都攤開地圖看著（蠻奇特的卻也算是常見），現在終於有足夠的空間攤開地圖了。這些地圖不是區域健行地圖，而是比例尺較小的全國地圖，或多國地圖。那邊那個不就正在看世界地圖嗎？我甚至還看到一個乘客在研讀星圖。

而我實在無法將視線從那名年輕黑人小姐身上移開，她坐在最後一排的後車窗前，手上拿著一本書。一開始，我只注意到一個從頭到腳全身黝黑的人，沒什麼個性的臉，宛如幽靈，甚至有些嚇人。那樣的黑，與車窗外五月傍晚特有的那股綠得不能再綠的顏色，形成強烈的對比。人們（不只是我而已）該有什麼心理準備嗎？（在我仍是青少年時，有一次搭晚間巴士回家，我在腦海裡編了個故事，幻想有個瘋子突然闖到司機旁邊大喊：「我是上帝！」一邊搶過方向盤與「我們大家」一起駛落深淵。）接著我留意到她撐在膝蓋上方的手臂，以及拿著書的手；不，我眼前所見的，與幽靈或恐怖完全相反。這樣的感覺源自她手上的白色書頁，那些書頁每每在她翻頁或不由自主的手勢下，白得發亮，令人安心。

陌生人這樣看書的情景對我而言不算少見，甚至比以前還常見到，或者也可能是我的眼睛對閱讀者日漸敏銳，常看到這樣或那樣看書的人，每次我都有股衝動想問他們到底是什麼書，居然讓人看得如此「入迷！」。這一次，我絲毫沒有意願知道書名。我無須知道這個，事實是，就像我一樣，她讀的書就叫「書」，是「群書之書」系列中的一本。這一生中，我往往會將眼前出現的三種顏色，每一次都是大自然裡的顏色，組成一幅和平圖像，將天空、一座山與一條河（很典型的）當成「旗幟顏色」，和平旗幟的顏色。現在，巴士後面車窗外的綠色、書頁的白色以及黑中之黑的閱讀者所組合出來的旗幟顏色，第一次出現了不僅是大自然的顏色。我開始想像，閱讀這樣的一件事在非洲大陸深處會如何發展。一隻手接著另一隻手翻頁，一根手指換著另一根手指翻頁。

這巴士的終點是個火車站，位於法蘭西島下方塞納河支流中的一側。然而，直到故事結束之前，直到晚上，入夜之後，還要繼續搭著巴士，畢竟這是預定的旅程。即便不是搭上時刻表上的班次，而是所謂的「替代巴士」。環繞巴黎周遭的軌道運輸網正在進行大翻修，因此也進入了「替代巴士的時代」，結果就是替代巴士一路以沿線火車站為站牌前進，途中卻每每遠離軌道，繞遠路而行，在小路上及從未到過的地區間蜿蜒著，經常駛在法蘭西島大區及某些地方的邊界（這點容我之後再敘述）或者直接越過邊界。

這對我來說沒有任何問題。因為在渡過時間緊迫的那一秒鐘之後，時間變得非常豐盛，這也是一種特殊的靈魂自然法則；至少我跟自己是這麼解釋的。其實每次搭上替代巴士後都感覺時間是豐盛的，無論經驗有多悲慘多壞，但此刻被我視作上帝，且是仁慈的那一位，完全不去想要做什麼事或會發生什麼事。

蜿蜒又蜿蜒，在不斷繞路之中載著乘客前往所有可能的方向，對我猶如在外閒晃，一步又一步，一件事接著另一件事，一幅景象隨著另一幅景發生，腳下輪轉的仍是法蘭西島臺地，但也不時停住，在椅子上發楞；想像自己走進窗外那間一閃而過、廢棄的教堂。這是一條替代巴士路線的史詩！「替代巴士的荷馬，你在哪裡？」而這座位比起一般的巴士還真是硬。替代巴士上，沒有令人昏昏欲睡的低沉聲響，轟隆的噪音離地面極近，駛過再小的坑洞都如酷刑一樣折磨人。——這不正是史詩的一部分嗎？

所有在低矮及高聳樓房中的小徑都布滿著蒲公英，且只有蒲公英。廉價出租的公寓前站著一個老男人和一個同樣老的女人，女人的手伸進男人大衣口袋深處翻找鑰匙。一個男孩伸手打了他母親一巴掌。這些受著鞭策的人們啊——鞭策他們的人躲在哪裡？看那裡：童年時的我，怎麼這樣彎腰駝背？還有肥嘟嘟的臉頰！那邊那隻狗是在吠什麼？其中還夾雜著好像是新生兒的哭泣。然後，看哪！那個我們家附近的白痴走在那裡，大家早以為他死了，如今就這樣大剌剌地走著，如在處在無人無物之境。他的鬍子在這段時間內倒是長了不少，啊，這段時間內！

人行道上有人打架，一個揹著四方形電腦背包的人撞到旁邊的人，他不是故意的，但被撞到的人馬上出拳打回去。

很多小孩，如果仔細看他們，特別是從遠處看，就會發現他們都躲著，像是打算做什麼不該做的事。不過他們其實只是在玩耍，就像那兩個正拿著馬口鐵空罐在玩的孩子。

看那個老媼，她站在長凳前對著自己說：「坐下！」又一次地說：「坐下！」

巴士在繞那一百個圈圈之間所發生的二三事：巴士開出去時有一個人蹲在路邊，前面散著一堆工具，繞回來時他還是繼續蹲在那裡。一個全身打著哆嗦的人握著另一隻發抖的手，手的主人正在幫他點火。一個全身布滿刺青的人，指甲啃得禿禿的灰白到不能再灰白。一個彎腰往前在榛樹叢下找榛果的老人並不知道，現在才五月，夏天都還沒到。一個孩子，總愛在陌生人背後遠遠地喊叫。罵人嗎？不，他只是想要陌生人回頭，好對著他揮手。還有別忘了那些耗盡力氣的人，就像那個女人，僅是其中一個，靠在行道樹上，無力再跨出一步，連那彎曲著、在半空中來回揮舞的手指，也無法從提袋裡找出需要的東西，比方說鑰匙，或是不那麼需要的安全別針。「幫幫忙吧！」她無助地對著那曾經屬於自己的身體，但如今已不受控制的手指說：「幫幫忙吧！救命啊！天啊，幫幫我吧！」回答她的只有空中低沉的轟隆聲響（比起回答更像是嘲笑吧？），這轟隆聲早就有了，不是今天才出現，更接近一種單調的背景音，一直存在著。是無線電波嗎？可是它只在求助聲後才會從其他噪音中突顯出來。還有，這樣繞著繞著，竟發現居然還有這麼多的無人地帶，儘管規模日益縮小，卻愈來愈多。

搭著巴士直到入夜，難道車廂裡就沒什麼值得敘述的事嗎？當然有：我自己縫了個襯衫鈕釦，手腕邊頓時出現了一種庇護感，一種出外如在家的感覺。而一個乘客，對著放在他面前的手機斥罵：「停，別再對我閃了，耗子！」還有因車窗半開飛進的楊柳花絮落在我的手背上，在這團潔白柔軟的羽絨中，我看見了一對黑色的飛蟲翅膀，牠正舞動著，或者不對，這羽絨本身就是飛蟲的一部分，而我根本無法將這「潔白的羽絨飛翅」（我這麼稱呼它）從手上吹走，因此我一字一字地想著：「這隻飛蟲將會拯救全人類！」乘客中有一個戴著口罩的日本乘客。以及不少被稱做「阿肥」及「阿宅」的乘客，或者合起來叫「肥宅」。也別忘了那些坐在最後一排位置上，為今夜精心打扮的女人，一站過了一站，總有不同的女人坐在那裡。

對了，還有那座廢棄的教堂，在巴士路途中，位於法蘭西島區的邊界，再過去就是諾曼第（Normandie）或皮卡第（Picardie）了。一次停車休息時，我走進這棟建築裡。它是開放的，現已變成玩牌大廳，很安靜，只有一張桌子有人在玩，是女人。另一張桌子旁還坐著一個女人，老女人，單獨一個，她閉著眼睛。目前這裡已看不到任何教堂裝設的痕跡了。不，還有一個：那面牆上的長明燈，當此處還是用來做禮拜時就這燈就已改為以電發光，現在燈光在那些玩牌女人卡在頭上的眼鏡上閃耀著。接著，又看到一個遺留下來的東西：從前的告解亭現在被孩子當成是玩捉迷藏的地方。而外面大門邊上的圓拱，留有中古世紀遺留下來的菱形花紋，就像一個眼睛接著另一個眼睛，我看則像是電腦符號@的變異體。接著，再看哪！那些超過千年的石匠所刻下的標記，其中一個是金字塔的樹狀圖案，旁邊還有一個慢跑的人，就停在那些圖案前，做著暖身操，像極了小徑上的象形符號。最後，我在那裡，之前提過的地方，點了兩支蠟燭，不是裡面長明燈那，而是外面，在菱形花紋及石匠標記附近，一支給生者，一支給亡者。就在那裡，我再次見到我的那條蛇。牠現身出走來到邊界，與另一條蛇在五月最後的陽光下，一起蜷伏於昔日教堂邊，在草地上不也不動，只揚起布滿紋路的蛇頭片刻。屬於這部史詩的，還有那替代巴士司機，他一而再再而三地迷路，總是不知道該往哪裡去。那是誰來幫他、為他指點迷津？每次都是我。本該如此。

在繞過第九十九個圈圈後，替代巴士於夜幕中駛進終點站，目的地到了。一間預料中的餐館，與所有在終點站的餐館一模一樣。——到底該如何想像？——沒什麼特別的，除了裡面裝潢令人（至少是我）想起倉庫。這裡一直以來（好幾百年了）都開著餐館，不過從用櫟木木板一塊塊緊鋪而成的地板來看，這倒比較像是遠洋郵輪上的餐廳。餐廳裡位子還很多，晚間客人才剛陸續入坐，我獨自坐在其中一張桌子前好一陣子，看著木頭地板出神，當然也是因為經過這樣的一天，腦袋已經變得相當沉重了。橡木地板有好幾個地方是之前冒出樹枝之處，如今這些節點在地板上則呈現凹陷；通常小小的，但這裡那裡偶有些較大的凹洞。這令我想起鄉間的地板，那裡使用的是杉木，不是橡木，上面也總有類似的小洞及凹陷處，在那種地板的時代，也就是我們的時代，我們總是拿著自己用壞土做的小球玩著非常特別的彈珠遊戲，在房子中央，不是在外面。不用去想後來還有什麼遊戲，現在對我來說，這個兒童遊戲就是所有遊戲中的「極致代表」了，一字不差。為了即將展開的今夜，我也想要有類似的東西。我「想」？不，我決定了：我們的對決遊戲。至於「我們」是誰不必說也都知道。

終點站餐館的名字是「neuf-et-treize」，也就是九和十三，取這名字已超過一百年了。是因為兩條鐵路線在此交匯嗎？現在餐廳幾乎坐滿了人，只剩一張空桌，一張在中央小小的桌子，是空的也該繼續空著；該是這樣的。

宴會可以開始了。不需要任何信號或前奏，單單脫掛大衣、拉椅子、坐下來這幾個動作，當然還有其他的，手勢及姿態，伸手一握或揚眉，便足已成慶。即使此時而言，還稱不上是慶典，而誇張的握手方式，高舉到額頭前劃一道大弧去握對方的手，根本就是多此一舉。

我在白天遇到的人有不少人又在這裡出現，雖是以另一種形體，卻是同一個，就像是歌手又是計程車司機，或者是法官又是草莖管樂手那樣。於是我突然想到，或者說意識到，在整整這一段時間裡，我都沒遇見惡人或者壞人，不只今天，而是好幾個月，好幾年了！究竟我是否曾遇過惡棍？那種徹頭徹尾的壞人？我從未見過這樣的人，至少從來不是有血有肉的。

放眼看去身邊都是明亮的客人。連那些臉色陰沉的都也一樣明亮：正是這些人，他們身上散發出一種特別的，幾乎是超乎世間的光明，那光明進而掩飾了他們的陰鬱，即使只有一瞬。

大廳中倆倆相對的客人中最顯眼的就是新人了。這裡所指的

「新人」不只是那些初次見面的陌生人，他們可能在往餐廳的路上偶然相遇，現在則試著和對方說說自己是誰、從哪裡來、從事哪一行等等。除了此一意涵外，我所指的「新人」還包括了那些很久以前曾在一起的人，歷經一大段空白、多年彼此未見之後，現在他們終於再度試圖進行談話（這談話總是斷斷續續，僅依靠著彼此的善意，或其他什麼的進行）。其中就有那麼一對，在稍晚之後，不知是男或女突然發出一聲尖叫，滿屋子都聽得到：「我再不要見到你了，走開！」幾乎是同一瞬間響起了更狂野的嘶喊：「我們應該在一起，什麼都不能將我們分開，永遠不行，不要離開我，求求你！」最後只剩無言的哀嚎，不過隨即便轉成了如泣如訴之歌聲，至少是這樣努力著。

我的陌生同桌，沒看錯，我默默稱之為「我的同桌小姐」，將手機放在前面桌上，看起來正在與人交換訊息，我忍不住讀了起來，一個字母接著一個字母，一個字接著一個字：「從地鐵站向上走時我多希望自己的連身裙（這世間不是只有穿褲子的女人）能在階梯上因風飛舞起來，然後你會從上俯視這一幕，但是太遲了，你已經不在那裡，無法看到這一幕了。」（作者自譯）看到這裡我打開自己的手機，讀著螢幕上所顯示的訊息。我的車身彩繪師朋友伊曼紐，剛傳了三首詩給我。第一首：「Rentré à la maison comme d'habitude /Je l'aime」（像往常一樣回家／我愛她）；第二首：「Est-ce qu'elle de mauvaise foi ? / Et alors」（她在算計什麼嗎？／那又怎樣）；還有第三首：「Il faudrait que je retombe amoureux / Ça fait oublier les points et les virgules」（是重新墜入愛河的時候了／為此我忘了句點與逗點）（作者草譯）

偶爾我會走到吧臺邊，坐在一張高腳椅上，從這裡看去整個餐廳一覽無遺。酒保正跟客人聊得熱烈，可是熱烈的只有酒保一人，喋喋不休，另一人則是靜靜聽著。我們的宴會上不少客人推著廚房的彈簧門進進出出，彷彿自家廚房似的。而我的酒杯裡有朵盛開的七葉樹花，有著美麗且優雅的線條。（我一口吞下它。）

回到座位，我才發現餐廳後面角落邊有臺巨大的電視。電視調成靜音開著。畫面上是一群專家，看起來笑得很開懷：如同儀式般露出一口牙，時而舉手掩住彼此低語，就像不想暴露比賽戰略的足球教練那樣。這群人早已過了專家時期，成了永恆全球娛樂網中的一部分。我認出其中一位正是那肇事的女人，那個既無知又冒失地在我母親背後追著吶喊，喊到母親進了墳裡——真的是她？——是她，我說是就是。——她戴了三副眼鏡：一副卡在頭頂上，一副戴在那對什麼都看不清的雙眼前，另一副則綁著繩子掛在胸前，手邊時不時用一枝超長的鉛筆記錄些什麼，我希望這枝筆會突然斷成兩節（只是，就像之前提過的，今天不是一個能靠希望度過的日子）。

突然之間，彈珠滾動了，滾向另一個方向，是這個故事剛開始時完全料想不到的方向。那位行惡的女人，她與她的同類不應出現在故事裡，不單單是這個故事，其他任何一個故事都不該！故事裡沒有任何供他們立足的空間。這就是我的復仇。這樣的復仇，夠了。對過去或對當下都已足夠了，對未來也是綽綽有餘，阿們。不是鋼鑄之劍，而是另一把，第二把劍。

她和她的同類。而我們在這個大廳裡，我們這群參加宴會的客人，所以我們也可說是「我們同類」嗎？不，沒有我們同類這種東西，全世界都找不到。我們的幸？或我們的不幸？我們是否值得稱羨，還是令人扼腕甚或哀悼？真是亂成一團。

一聲嘆息響徹宴會大廳。——「一聲嘆息」能夠「響徹」？——就是這樣。

我跟我的同桌小姐借來小鏡子，想看看我這張復仇的臉：是了，看起來是否像個終於復仇成功的人呢？我愉快地看著鏡中的我，那樣地愉悅，彷彿從未經驗過似的，眼角眉梢盡是輕快寫意。「新郎！新郎！」一隻遲來的烏鶇，為了我用德文在夜幕中如此啼叫著，或者是隻夜鶯？管他是哪種鳥反正牠不是唱歌而是嘶喊。牠吼叫著。和著野棕櫚的陣陣鼓聲。

另一個故事是：這一夜，我如何趔趔趄趄地回家，破曉時在庭院大門前，沒有鑰匙，記憶中是四肢著地的姿勢；然後從永恆之丘的森林裡傳來獵人第一聲槍響。但這個故事，應該由別人來說才對。

導讀一

文學的資格

／童偉格（作家）

如同奧地利諺語說起的自殺者：他們依靠繩索，旋轉著「歸鄉」。

——漢德克，《夢遊者告別第九王國》（1991）

為了和平，還需要另外的東西，不遜色於事實的東西。

你現在玩起這詩意的東西？是的，如果這詩意的東西恰恰被理

> 解為朦朧的對立面的話。或者不說「這詩意的東西」，最好說「有聯繫的東西」、「包羅一切的東西」——促成共同回憶的東西，因為對第二個童年，對共同的童年而言，回憶是唯一的諒解可能。
>
> ——漢德克，《河流之旅：塞爾維亞的正義》（1996）

我很喜歡漢德克的《夢外之悲》（1972），這部抵抗「詩意」，因此在寫作上更顯艱難的悼亡之書。不因母親之死，漢德克就陷溺在傷逝的抒情裡，反而，以格外冷峻的思辨，復現這樣一位自殺者的終得「安詳」——當他描述母親平靜、有序的最後自主行動，並說，他為此「感到驕傲」時，他反語的，毋寧是做為人子，他理解粗糙現實，對母親的向不寬待。母親，就像他記憶裡，母系親族中的許多人一樣，終身為了隨奧匈帝國破滅而起的創傷癥候所苦，一生，皆在尋索與周遭重新取得真確聯繫，從此再也「不必思鄉」的可能性。

一九三八年，在收音機裡，希特勒那「很好聽」的聲音，以及德奧合併的節慶氛圍，就這麼席捲彼時那位年方十七、孤身在城裡苦勞的女工，給了她希望與勇氣。因這是生平第一次，她感到自己「有了群體經歷」、被平等地收容在「一個盛大的關聯」裡，「就連詭異的機械性勞動也變得充滿意義」。因這也是生平首回，她覺得自己的生活，「得到一個既被保護且又自由的形式」。

這其實，正是漢德克以整部悼亡書寫，為像母親那樣的人，所做的複雜梳理：如何可能，一個人可以同時既是政治儀式的熱情從眾，卻也「始終對政治不感興趣」。如何可能：那個不到二十年後，舉世將皆知是「邪惡」的暴政，確實，曾在那個源起現場，為某些人，具體指出難解鄉愁、階級限制與社會汙名皆可就地超克——在集體狂熱中，「我」得以即刻自由。這種展演，對「我」而言，竟比任何人道理念，都更切身且逼真地關愛「我」。《夢外之悲》解析的，即是這樣一種比起母親之死，還更早臨的悲傷——那種彷彿唯有死，才能「安詳」的生命空闕。是因這般空闕，人才樂意接受關於幸福的假說，為幸福本身；人也才自願投身儀式，像那是最可欲的日常。

所以不一定要是納粹，在那樣的孤絕時刻，其他關於「盛大關聯」的應許，也可能擄獲如母親那樣的人，觸發他們真摯的追隨。如漢德克已在《夢外之悲》其後的許多作品裡，反覆提及的：事實上，早在德奧合併公投前，在一九二〇年，他的外祖父，也曾投票贊成奧地利併入新成立的南斯拉夫。對外祖父之輩而言，任何可以允諾生活安定、經濟成長，使他們在社會中，保有「最低限度自信」的「偉大國家」，都是當下唯一合理的選擇；也極可能，就是關於政治，他們唯有的訴求。

漢德克後續寫作，依循《夢外之悲》劃定的象限再做探索。一方面，是關於「不必思鄉」的可能性。在從《緩慢的歸鄉》（1979）開始的小說四部曲中，我們已一再看到這樣一種動線描摹——一位孤獨的觀察者，在舉世異鄉裡躊躇，他企圖以對眼前表象的再現，融入疏離現實，從而，完成奇特的「歸鄉」。這既是記憶的消解，也是記憶的緊握。像那句過早正確的奧地利諺語：當面對個人情感認同，「歸鄉者」從來相仿於自殺者。

另一方面，也許更為奇特的是，這種以表象再現，重建自我精神歸宿的專注視角，也使漢德克在看待現實時，顯現出「令人震驚的倫理盲目」。如眾所周知的，在前南斯拉夫內戰問題上，漢德克對塞爾維亞民族主義者的迴護——基本上，他無視他們所發動的種族滅絕罪行。做為辯護之作，漢德克的遊記《河流之旅》，聲稱要「實地了解」塞爾維亞，然而，在相當短暫的田調期裡，漢德克讓我們窺見的，毋寧更是「記憶繩索」的強韌：它讓母系親族曾在境外熱望過的「大南斯拉夫」，在多年後，依舊對漢德克有效；也讓他者近切的苦難，終究，淹沒在作者偏遠追述起的童話語境裡。

這篇辯護之作，訴求的是遺忘——為了成全「我」所偏愛的所謂「共同回憶」，某些人應當立即遺忘，以免紛爭。這裡頭，當然有嚴重的倫理僭越。而做為漢德克的讀者，我同樣感到遺憾的是：一位已在《夢外之悲》解構「詩意」的作者，竟會在多年後，沉浸在自己那絕對「詩意」的幻想中。

無論如何，一個持恆的漢德克提問，總是記憶與遺忘之辯。或者能這麼問：怎樣自主的遺忘，可能成就豐饒的「諒解」？這是漢德克以近作《第二把劍》（2020），所接續的追探。相隔近半世紀，這部小說與《夢外之悲》互成對照，因作者對亡母更綿長的記憶。這般記憶，使「我」在結束北境漫遊、回到暫居的巴黎後，必得再次啟程，遂行「遲來的復仇」——有位住在附近的記者，曾在文章中辱及「我」母親，因此「我」想前去殺掉她。

這次動線所牽繫的孤自體驗，且也索引《緩慢的歸鄉》起，漢德克的許多小說，使《第二把劍》，微型示現多年後，「我」對另處異鄉的全新見習。再一次，在「我」一路行旅中，所有那些我不盡然熟悉的，「如泉源如小溪如江河如海洋的表象」，生動環伺

「我」，以它們自身的豐富，使「我」記起，「我所在乎的，就是看清自己的一無所知」。

因為「一無所知」，使「我」重新見歷自己的記憶。使「我」想起，在那終得「安詳」其外，「我」還保有許多關於母親的記憶，包括被記憶之人的記憶，如母親常提及的，她的那兩位被強徵至俄國戰場的兄弟；多年以後，「我」才明瞭，「母親對她兄弟的描述，在我身上留下難以磨滅的印記」。記憶召喚且層疊記憶，於是記得一個人，漫長地記憶一個人，某種意義，就是確認遺忘的無法窮盡——死亡，充其量只能殺死人；對死亡的記憶，卻這才繁複肇啟，無時無刻，不正在生成。

於是，當時間讓「我」確知，遺忘本已無法窮盡，已然如此擁擠，那麼，如那位記者那樣，以寥寥數語定義「我」母親、形同汙衊般地宣判一位她畢竟素未謀面之人，對於這種常見的武斷，「我」也就更無暇去追究，遑論複述或質問了。這是整部《第二把劍》，所完成的「復仇」，一個事關文學資格的重省：最後的最後，記憶者與寫作者「我」明瞭——也許，並沒有什麼「不遜色於事實的東西」，尤其是太過簡化的斷定。因為只有曾真確存在過的，才值得寫入故事中；反之亦然，只有值得訴說之事，才可能成真。就此而言，漢德克確實以《第二把劍》，展現他個人的遊記，未曾企及的深思。

導讀二

假如我們還是天使

／何曼莊（作家）

起初，我讀得一肚子火，我知道不是因為小說本身，而是因為我知道太多彼得・漢德克本人的事：即便是得到諾貝爾獎以前，漢德克已經是一個即使做遍政治不正確行為、也不會被逐出文壇的大腕作家，他公開評論諾貝爾獎應該廢除、批評巴布・狄倫的創作與閱讀無關、不該得文學獎，出席前塞爾維亞領導人米洛喬維奇的葬禮，因此受到西方媒體群起抨擊他「支持種族清洗政權」，我不禁要問，西歐社會對菁英（白男）詩人的推崇程度有多鐵？還有，諾獎委員們有自虐狂嗎？為什麼硬要把獎金塞到一個公然反對諾獎的人手中？

我雖然不至於認同米洛塞維奇，但我能體會漢德克對北約的厭惡，北約也不是什麼和平使者，以「阻止南斯拉夫內戰」為由，未經聯合國安理會授權轟炸塞爾維亞七十八天，摧毀四萬多間房舍，至少兩千平民死亡，而那當中，有我塞爾維亞籍同學的家人親戚，我的同學知道自己國家的軍隊殺了二十萬人，他因此感到羞恥與傷感，但那種痛，遠不及他失去一、兩名親人之悲，換成是我，也可能被個人情感吞噬。

《第二把劍》中的主角「我」為何要單挑「一位記者」，而不是一家媒體，因為真正的要害必定屬於個人，只有個人對決才有殺傷力，這難道不是記者專挑漢德克母親出來攻擊的用意嗎？我跟漢德克的人生經歷截然不同，他是出生在二戰時期德意志帝國領地的亞利安男性，我是發展中島國出生、僑居資本主義首都的千禧世代有色人種女性，如果我與他有任何交集，那必定是他站在臺上演講或領獎的時刻，而我在臺下拉著臉聽講或者勉為其難地拍手，換成我站在臺上說話、他在臺下聽的場景是絕無可能的，這樣的大人物不去單挑跟他相襯的媒體巨獸，竟然選擇用作品來執行「私刑」，報復一位侮辱他母親的記者，這也太小器了。

無論大作家該不該「小器」，我這個小作家，難道真的知道很多關於漢德克的事嗎？仔細一想，並沒有，我對他的認識是以片面的、有些甚至是妖魔化後的媒體報導拼湊而來，我要是不認真進入他的作品，又憑什麼討厭他呢？於是我本著實驗精神，決定再看一遍，暫時從腦中刪除那些爭議言行，用全新的眼光重讀這本書，這一次，故事活了。

　　這趟步行前往仇人之家的路途，以回溯仇恨之苗為起點，「那個女人」的家為終點，以流暢的寫實手法（也許一部分要歸功於翻譯者的功力），溫和的嘲諷與自嘲，豐富的情境指涉，讓當代巴黎市井生活在眼前開展，這條心路的起點終點之間，美麗、混雜、有點粗鄙但充滿生活氣息，隨著主角的步伐，各種「異族」（包括敘事者本人）從四處帶著不同的回憶在此相聚，這一路有熟識的人、也有陌生人，有終於被巴西女人看上的男人、有坐在車裡看海的葡萄牙人、有在圭亞那殺死過一條蟒蛇的退役傭兵、還有被他視為「復仇教練」的知更鳥。這位走上復仇之路的「我」，雖然嘴巴很硬，但心底是喜歡巴黎，喜歡路人的，包括那些令人翻白眼的討厭鬼，他也任由他們囂張，然而每當「我」開始沉醉於某個生活場景的小小情懷，「我」都趕緊把自己拉回復仇的意識中，復仇真的比生活重要嗎？他痛恨的只是那個女人而已嗎？他要平反的只是母親的名譽嗎？邀我導讀的編輯附上了譯者的補充說明與提問：

漢德克從為塞爾維亞說話、並參加南斯拉夫前獨裁者米洛舍維奇葬禮發表演說後，就不斷受到媒體的質問與批評。

而諾貝爾獎宣布之後，面對記者提問無禮甚至粗魯的態度更是激怒許多人。隔年二月這本復仇之書就出版了，雖然出版社不斷強調這本書寫成於得獎之前，但大家無法不作任何聯想。

這也是為何所有書評都糾結在這本書是否是漢德克對媒體的報

復上，或者應該這麼說，除了報復媒體之外，這本書還有什麼？

作者與作品真的可以、或者應該分開評價嗎？在現今被社交媒體主宰的閱讀生態中，「人設」（Persona）已經成為所有商品問世的先決條件，你會翻開這本書的理由，十有八九是因為商品描述中寫著「諾貝爾獎得主最新作品」，不是嗎？那麼，難相處的漢德克先生，被自己長久以來痛恨的權威封神、從今以後必須永遠掛著他所厭惡的王冠，是什麼感覺？我想到漢德克五十五年前以《冒犯觀眾》劇本成名，說不定，《第二把劍》是文學家再一次的大膽實驗，一場讓觀眾『冒犯作者』的劇本：鬥獸場高朋滿座，場中沒有野獸，只有一個老白男，而且他堅決不肯對觀眾微笑。

安靜地坐在鬥獸場邊觀察的我，終於好奇地找出漢德克在米洛塞維奇葬禮上的致詞片段：

（前略）……這世界，所謂的世界，對南斯拉夫無所不知。這世界，所謂的世界，對斯洛波丹·米洛塞維奇無所不知。這所謂的世界知道真相。正因為如此這所謂的世界是缺席的，不只在今天、不只在這裡。這所謂的世界不代表世界本身。我理解自己不知道，我理解自己我不知道真相，但我觀看、我聆聽、我記憶、我質問，這就是為何我今天會在這裡，與南斯拉夫為鄰，與塞爾維亞為鄰，與斯洛波丹·米洛塞維奇為鄰。[1]

1 引用來自Andrew Hammel的部落格，他從德語翻譯至英語，我再從英語翻譯成中文，由譯者劉于怡修訂，編輯鄭琬融編譯。

說來慚愧，身為國際政治研究者，這是我第一次找出漢德克在米洛塞維奇葬禮上的致詞，原來我也曾經用粗略而霸道的二分法，將所有出席「魔鬼」的葬禮之人當成邪惡同路人。「媒體」與「傳播」讓人著迷，也讓人著魔，透過耳語、風評、大媒體、小媒體，我們對素未謀面的遠方之人產生惡意，而遠方之人也遙遠地回應以惡意，然後所有人一起捲入仇恨的漩渦。

除了報復媒體以外，一定還有什麼，因為他是漢德克。

在紀錄片《我在森林、晚一點到》中，漢德克在導演追問「為何而寫、為誰而寫」時，終於給了一個答案：充滿細節的文字刺繡是一種對現實遺憾的補償，追求平衡的方式，哪怕是陌生人，細節也能讓虛構人物變得真實，相反地，就算是真實事件，缺乏細節則讓一切變得虛浮。

答案就在這裡，漢德克式簡潔直白的文字裡，我們，這所謂的世界，什麼也不知道，唯一的方式就是觀看、傾聽、接近你不理解的人事物。復仇之路的終點已經不再重要，重要的是你在這條路上看到了什麼，又產生了什麼想法。

一個文學上的巧合是，此前一天，我跟一位蘇格蘭學者連線錄Podcast，對照了白先勇《臺北人》以及喬伊斯的《都柏林人》，而今日第二次閱讀《第二把劍》，也讓我想起了《都柏林人》（不過漢德克的腳程比喬伊斯快得多了，這本書只有六萬多字，太好了），另一種更貼切的形容，就是電影《慾望之翼》（德語原名：柏林的天空）的「天使視角」，這時我想起來了，年輕的漢德克就是那個跟溫德斯合作寫出《慾望之翼》的劇作家：灰色城市裡，憂鬱的天使可以為人類做的實在不多，但僅僅是觀看、聆聽、記憶、質問，就足以讓讀者重新發現在現實裡錯過的生活本質，而那正是文學存在的理由。

彼得・漢德克年表

一九四二年

十二月六日出生於奧地利的小鎮格里芬。其生父埃里希・舍內曼（Erich Schönemann）為德國人，在銀行任職，從軍後與漢德克母親相識，但當時舍內曼已婚，這段戀情終究未果，漢德克直至成年後才與生父相認。母親瑪麗亞（Maria）為斯洛維尼亞人，在漢德克出生前嫁給了國防軍士兵布魯諾・漢德克（Bruno Handke）。

一九四四——四八年

全家人住在蘇聯占領的東柏林區——潘科。母親瑪麗亞在此又生下兩個孩子，不久一家人搬回了漢德克的故鄉格里芬。期間父親開始酗酒。

一九五四年

漢德克在坦岑貝格城堡（Tanzenberg Castle）上天主主教寄宿學校，於校刊發表了第一篇文章。

一九五九年

移居克拉根福（Klagenfurt）就讀高中。

一九六一年

於格拉茨大學攻讀法律，並為前衛文學雜誌《手稿》（*Manuskripte*）撰稿。

一九六三年

完成第一部長篇小說《大黃蜂》（*Die Hornissen*），並於一九六六年出版。

一九六五年

漢德克放棄大學學業。

一九六六年

在美國參加「47團」（Gruppe 47）於普林斯頓的文學會議。

同年，發表《冒犯觀眾》（*Publikumsbeschimpfung*），引發矚目與爭議。

一九六七年

發表第二部劇作《卡斯帕》（*Kaspar*），並與演員莉普嘉特・史瓦茲（Libgart Schwarz）結婚。

一九六九年

成為作家出版社（Verlag der Autoren）的聯合創始人之一。以嶄新的方式經營，帶動新劇院的發展，成為劇本與廣播劇之間的重要協調角色，同時出版、代理多種作品。同年，女兒阿米娜（Amina）出生。

一九七〇年

出版《守門員的焦慮》（*Die Angst des Tormanns beim Elfmeter*）。

一九七一年

母親瑪麗亞·漢德克自殺。

一九七二年

首次與文·溫德斯合作，將《守門員的焦慮》改編成同名電影，兩人成為好友。同年，出版小說《夢外之悲》（*Wunschloses Ungluck*）。

一九七三年

三十一歲時榮獲德語最重要的文學獎——格奧爾格·畢希納獎。同年與他人共同創辦奧地利作家協會（Grazer Autorenversammlung），一九七七年成為會員。

一九七五年

出版小說《真情時刻》（Die Stunde der wahren Empfindung）。

與文·溫德斯合作的電影《歧路》⊠*Falsche Bewegung*）上映。

一九七六年

出版小說《左撇子的女人》（*Die linkshändige Frau*）。

一九七八年

由漢德克執導的《左撇子的女人》電影上映，入圍坎城最佳影片。

一九七九年

出版小說《緩慢的歸鄉》（*Langsame Heimkehr*）。

一九八三年

出版小說《痛苦的中國人》（*Der Chinese des Schmerzes*）。

一九八六年

出版小說《去往第九王國》（*Die Wiederholung*）。

一九八七年

獲得威尼斯國際文學獎（Vilenica International Literary Prize）。同年與文．溫德斯合作的電影《慾望之翼》（*Der Himmel über Berlin*）上映，漢

德克參與了該片劇本創作。

一九九一年

定居法國沙維爾。

一九九二年

發表劇作《我們彼此一無所知的時刻》（*Die Stunde, da wir nichts voneinander wußten*）。漢德克執導的電影《缺席》（*The Absence*）上映，此部電影改編自他的中篇小說，並於第四十九屆威尼斯國際電影節播映。同年，與演員蘇菲・瑟敏所生的女兒萊卡迪（Léocadie）出生。

一九九四年

與莉普嘉特・史瓦茲離婚。出版小說《我在無人區的一年》（*Mein Jahr in der Niemandsbucht. Ein Märchen aus den neuen*

Zeiten）。

一九九五年

與演員蘇菲・瑟敏（Sophie Semin）結婚。

一九九六年

漢德克造訪塞爾維亞的遊記《河流之旅：塞爾維亞的正義》（*Eine winterliche Reise zu denFlüssenDonau*）出版，其中將塞爾維亞在戰爭中的角色定位為受害者，引發爭議與撻伐，但漢德克也指控西方媒體曲解了戰爭的前因與後果。

一九九七年

出版小說《在漆黑的夜晚，我離開了我安靜的房子》（*In einer dunklen Nacht ging ich aus meinem stillen Haus*）。

一九九八年

與文．溫德斯合作的電影《天使之城》（*City of Angels*）上映。

一九九九年

春天，北大西洋公約組織轟炸南斯拉夫前首都貝爾勒格，為抗議此事，漢德克將畢希納獎所獲得的獎金全數退回。

二〇〇二年

榮獲美國文學獎（America Award in Literature），該獎為美國頒給國際作家的終身成就獎項。

二〇〇四年

諾貝爾文學獎獲獎者耶利內克（Elfriede Jelinek），盛讚漢德克為「活著的經典」。

二〇〇六年

因參加前塞爾維亞總統斯洛波丹．米洛塞維奇的葬禮而再度遭到撻伐。同年，原預定頒發給漢德克的海涅獎（Heinrich Heine Prize），遭漢德克拒絕，該年獲獎人因而從缺。

二〇〇八年

獲得巴伐利亞美術學院文學獎。（二〇一〇年後與托瑪斯・曼獎合併）

二〇〇九年

榮獲卡夫卡獎。

二〇一一年

出版小說《大秋天》（*Der Grosse Fall*）。

二〇一二年

獲頒米爾海姆（Mülheimer）戲劇獎。

二〇一三年

漢德克接受塞爾維亞總統所頒發的勳章。

二〇一**四年**

獲國際易卜生獎。同年，漢德克呼籲 廢除諾貝爾文學獎，並戲稱其「馬戲團」。

二〇一**六年**

與文・溫德斯合作的電影《阿蘭胡埃斯的美好日子》（*Les Beaux Jours d'Aranjuez*）上映。同年，漢德克紀錄片《彼得漢德克：我在森林，晚一點到》（*Peter Handke: In the Woods, Might Be Late*）上映。

二〇一**七年**

出版小說《水果賊》（*Die Obstdiebin oder Einfache Fahrt ins Landesinnere*）。

二〇一八年

獲得奧地利的雀巢劇院終身成就獎（Nestroy Theatre Prize）。

二〇一九年

獲頒第一百一十二屆諾貝爾文學獎。

二〇二〇年

出版最新作品《第二把劍》（*Das zweite Schwert*）。獲頒塞爾維亞卡拉奧雷星勳章（Order of Kara or e's Star）。

木馬文學154

第二把劍

Das zweite Schwert: Eine Maigeschichte

作者	彼得・漢德克（Peter Handke）
譯者	劉于怡
社長	陳蕙慧
副總編輯	戴偉傑
責任編輯	鄭琬融
行銷企劃	陳雅雯、尹子麟、黃毓純
排版	宸遠彩藝有限公司

讀書共和國集團社長	郭重興
發行人兼出版總監	曾大福
印務	黃禮賢、李孟儒
出版	木馬文化事業股份有限公司
發行	遠足文化事業股份有限公司
地址	231 新北市新店區民權路 108-3 號 8 樓
電話	02-2218-1417
傳真	02-2218-0727
E-mail	service@bookrep.com.tw
郵撥帳號	19588272　木馬文化事業股份有限公司
客服專線	0800221029
法律顧問	華陽國際專利商標事務所　蘇文生　律師
印刷	前進彩藝有限公司
初版一刷	2021 年 7 月

定價	380 元
ISBN	978-986-359-994-4

國家圖書館出版品預行編目

第二把劍：五月故事 / 彼得．漢德克 (Peter Handke) 著；劉于怡譯. -- 初版. -- 新北市：木馬文化事業股份有限公司出版：遠足文化事業股份有限公司發行，2021.07
面；　公分. -- (木馬文學；154)
譯自：Das zweite Schwert : Eine Maigeschichte

ISBN 978-986-359-994-4 (精裝)

882.257　　　　110010037